Refugees Worldwide 4

Reportagen

Mit freundlicher Unterstützung von

Fondation
Jan Michalski

Wagenbachs Taschenbuch 875
Originalausgabe

Emser Straße 40/41, 10719 Berlin www.wagenbach.de

Covergestaltung Julie August unter Verwendung einer Fotografie © Levi Vonk. Gesetzt aus der Plantin. Das Karnickel auf Seite 1 zeichnete Horst Rudolph. Gedruckt und gebunden bei Abedik, Żerniki. Printed in Poland.

ISBN 978 3 8031 2875 1

Refugees Worldwide 4
Reportagen

Herausgegeben von Ulrich Schreiber

Verlag Klaus Wagenbach Berlin

Vorwort

Zum 12. Mal in Folge hat sich die Zahl der Flüchtenden durch Kriege, Gewalt, Verfolgung und Extremwetterverhältnisse erhöht – so ein UNHCR-Bericht vom Juni 2024. 120 Millionen Menschen sind betroffen, 1,5 Prozent der Weltbevölkerung. 2016, als das Projekt »Refugees Worldwide« begann, das in literarischen Reportagen die Lebenswirklichkeiten von Flüchtenden erfasst, waren es nur rund die Hälfte mit circa 60 Millionen. Gerade angesichts der sich verschärfenden Debatten um das Thema Migration ist die Kommunikation mit den und über die Personen, um die es geht, höchst virulent.

Exemplarisch für die Situation in der Ukraine beschreibt Juri Durkot die zweifache Fluchtbewegung einer Familie von Donezk über Mariupol nach Lemberg zwischen 2014 und dem Beginn des Krieges im Februar 2022. Vor dem Hintergrund seiner Leitung des Verlags Halijafy in Minsk, der erfolglosen Proteste in Belarus 2020 und des Krieges in der Ukraine schildert Zmicier Vishniou die zunehmenden politischen Repressionen. Dieser Krieg und die Einstufung der LGBTQ-Bewegung durch das Oberste Gericht Russlands am 30. November 2023 als extremistische Organisation bewegten den Schriftsteller Denis zur Emigration von Russland nach Deutschland, wie er Nikolai Kononov erzählte.

Girma T. Fantaye schreibt: »Die Angst vor der Hoffnungslosigkeit ist größer als die Angst vor dem Tod« – und zeichnet im Kontext des politischen Ausnahmezustandes in Äthiopien nach, was die Rückkehr nach Jahren des Exils für eine oppositionelle Stimme bedeuten kann. In Interviews geht Goretti Kyomuhendo den unternehmerischen und ehrenamtlichen Initiativen von drei geflüchteten

Frauen aus Burundi und dem Südsudan nach und beschreibt die gastfreundliche Mentalität Ugandas. Dabei erzählt sie die Geschichte Ugandas als drittgrößtes Aufnahmeland von Geflüchteten seit den 1940er Jahren. Marie Louise Bibish Mumbu lenkt den Fokus auf die Kämpfe im Osten ihrer Heimat, der Demokratischen Republik Kongo, und wie sie das Leben der dort ansässigen Bevölkerung bestimmen. Unfassbare 7 Millionen Binnenflüchtlinge werden alleine dort geschätzt – 2,6 Millionen Menschen sind bedingt durch den Klimawandel in der Subsaharazone heimatlos geworden. Sulaiman Addonia skizziert Fluchtbewegungen aus Eritrea, Auswanderung in den Sudan und seine eigene Migration nach Belgien.

Omar Robert Hamilton beschreibt die wirtschaftliche und demographische Lage Kairos sowie die der zahlreichen Ausgewanderten aus dem Sudan, Somalia, Eritrea, Äthiopien und reflektiert die europäische Außenpolitik mit Blick auf den Mittelmeerraum. Daryll Delgado gibt Einblicke in das politische und kulturelle Verhältnis der Philippinen zu Malaysia entlang verschiedener Lebensrealitäten migrierter, staatenloser oder abgeschobener Personen. Fatimah Abdulghafur Seyyah erzählt die Geschichte ihrer Lebensstationen von China über Syrien, Saudi-Arabien, Syrien und die Türkei nach Kanada – und wie der chinesische Geheimdienst die Uighuren selbst im Ausland verfolgt. Vor dem Hintergrund ihrer Erfahrungen von den iranischen Demonstrationen für Frauenrechte 2023 und ihrer Ankunft in Berlin erinnert Shima Bahremand an Taghi Erani. Zuletzt erzählt Levi Vonk von der gefährlichen Route einer Familie aus Guatemala über die mexikanische Grenze in die USA.

Ulrich Schreiber
im Juli 2024

Leben in der Vorhölle

Daryll Delgado

Aus dem Englischen von Thomas Brückner

Es ist alles so willkürlich. Andauernd ändern sie die Regeln. Dadurch wird man so angreifbar. Manchmal werde ich richtig wütend. Die Auswirkungen ihrer Entscheidungen auf das tägliche Leben scheinen sie nicht zu kümmern. Sie liefern nicht einmal Erklärungen. Sie weisen dich einfach ab oder lassen dich warten, solange sie wollen. Die Leute sind für sie keine menschlichen Wesen … Manchmal kann ich gar nicht glauben, was ihnen über die Lippen kommt, wenn sie über Menschen reden wie über Verbrecher, als würden sie ihnen etwas wegnehmen wollen, nur weil sie, einer Formalität wegen, irgendwelche Dokumente nicht besitzen. Sie sagen Sachen wie: »Wir müssen unser Land beschützen, es gehört uns, es ist nicht für die gemacht …« Was meinen sie damit? Wir leben und arbeiten hier, viele wurden hier geboren. Ich kam hier auf die Welt. Migranten leisten ihren Beitrag zur Wirtschaft, übernehmen die Arbeiten, die andere nicht machen wollen. Malaysia braucht Menschen. Sie aber wollen es homogen halten, rein. Sie haben derart altmodische Vorstellungen von Nationalität. Ich bin überzeugt, dass sie wissen, dass es so nicht geht, sie sind nicht dumm, auch wenn sie hauptsächlich daran interessiert sind, welchen Eindruck sie während des Wahlkampfs hinterlassen. Sie sind nicht dumm. Es fehlt ihnen einfach – ein Herz …

(Ema, 24, Jurastudium, NGO-Mitarbeiterin, staatenlos)

Als das Flugzeug auf dem Internationalen Flughafen Kota Kinabalu (KK), der Hauptstadt des Bundesstaates Sabah* in Ost-Malaysia landet, ist gerade der Nachmittag angebrochen. Beim Blick aus dem Fenster präsentiert das Meer ein kräftiges Blau, der Himmel ist wolkenlos und die Sonne scheint für einen Tag im Februar außergewöhnlich stark. Ein perfekter Tag für Sabahs Weltklassestrand, zum Tauchen und für Wanderziele. Fast vergisst du, weshalb du hier bist.

In der Ankunftshalle siehst du, dass auch Malaysier durch die Passkontrolle müssen – Erinnerung an die komplizierte Beziehung zwischen Ost-Malaysia und dem Sabah-Staat, der Halbinsel oder West-Malaysia. Du denkst an Ema und Tausende andere, die sind wie sie, geboren und aufgewachsen in KK, malaysisch bis in die Haarspitzen, aber staatenlos und ohne Papiere aufgrund irgendwelcher Formalitäten – die Mutter eine nicht erfasste Filipina, nicht amtlich mit ihrem malaysischen Vater verheiratet. Du fragst dich, wie sie durch die Passkontrollen kommen und über so viele andere Hürden hinweg, wie sie sich jedes Mal fühlen, wenn ihre Identität angezweifelt wird. Wohingegen du, Touristin aus dem Ausland, problemlos durch die Kontrolle kommst.

Auf der Fahrt ins Stadtzentrum siehst du, dass entlang der Uferzone, an der es früher nur wenige einheimische Restaurants und Bars gab, dafür aber viel freies Gelände, inzwischen schlohweiße Hotels internationaler Ketten stehen, schicke, hochragende Gebäude mit Eigentumswohnungen und Einkaufszentren, deren Auslagen globale Marken und Waren anpreisen, wie man sie in Großstädten auf der ganzen Welt findet. Nichts

* Sabah – Bundesstaat Malaysias mit circa 3,5 Millionen Einwohnern.

an diesen Gebäuden weist darauf hin, dass man sich in Sabah befindet. Sie versperren den Blick auf die Bucht und das leuchtende, warme Farbgewitter des Sonnenuntergangs von Kota Kinabalu, für das dieser Ort so berühmt ist. Die neuen Gebäude werfen lange, dunkle Schatten auf die Stadt. Durchaus symbolträchtig, denkst du, angesichts der zwiespältigen, schizophrenen Haltung des Staates gegenüber Ausländern und Nicht-Einheimischen, von denen einige mit großzügiger Aufmerksamkeit bedacht, andere an den Rand gedrängt und vor den Blicken verborgen werden.

Von deinem Hotel, ein Stück weit von der Uferzone entfernt, siehst du erleichtert die üppig baumbestandenen Hügel, hast einen guten Blick auf die Altstadt und, wenn du nicht so kurzsichtig wärst, auch auf den ikonischen Mount Kinabalu. Zwei Frauen, die Englisch mit deutlichem, fast schon zu deutlichem, malaysischen Akzent sprechen, stehen dir an der Rezeption hilf- und kenntnisreich zur Seite. Du hast den starken Verdacht, dass sie Filipinas sind, aber du fragst nicht nach. Es ist tabu, jemanden als Ausländer oder Migranten zu entlarven, besonders da es sie in eine schwierige Lage bringen könnte.

Du denkst an die Kellnerin im Restaurant in Kuala Lumpur, in dem du gestern das Treffen mit einigen NGO-Mitarbeitern hattest. Sie hatte dich immer wieder angesehen, und deshalb hast du beim Verlassen des Besprechungszimmers *Salamat* (Danke) in deiner Sprache gesagt. Sofort strahlte sie und stellte sich leise als eine Landsfrau – *kababayan* vor. Ihr Gesicht war teilweise hinter einem modischen Pony verborgen, aber du konntest trotzdem ihr schönes Gesicht erkennen, das eher wie das einer Jugendlichen aussah als das einer Collegeabsolventin. Sie sprach und gestikulierte auf eigentümlich arrogante Weise und in ihren Augen lag eine gewisse

Ängstlichkeit und Erschöpfung. *Walang tulog*, kein Schlaf, erklärte sie lächelnd.

Sie fragte, wo du in KL wohnst, und du erklärtest, dass du nur für einen Tag in der Stadt seist, bevor du nach KK und anschließend nach Manila weiterreisen würdest. Überrascht riss sie die Augen auf. Wow, sana all, klagte sie im Scherz, wörtlich: »Wünschte, das könnten alle«, dass alle einfach so zu Besuch nach Malaysia reisen könnten und dann nach Belieben wieder zurück nach Hause auf die Philippinen. Sie war kurz vor Ausbruch der Pandemie nach Kuala Lumpur gekommen. Nachdem sie ihren Abschluss in Personalmanagement gemacht hatte, tat sich die Möglichkeit auf, in Malaysia zu arbeiten. Auf Ratschlag desjenigen, der ihre Reise organisierte und sich um Anstellung und Unterbringung kümmern sollte, reiste sie als Touristin nach Kuala Lumpur. Dann aber brach die Person den Kontakt zu ihr ab. Ich bin geghostet worden, erzählte sie und lachte höhnisch. Sie war nicht sicher, ob man sie absichtlich links liegen gelassen und aufgegeben hatte, oder beispielsweise Covid-19 erlegen war. Er versprach, mir zu helfen, sagte, er hätte Verbindungen ... Ich habe jemandem auf den Philippinen, der mit ihm vernetzt war, viel Geld gezahlt. Auch zu ihm konnte ich keinen Kontakt mehr herstellen. Keine Ahnung, in welcher Beziehung sie zueinander stehen. ... Mein Pass ist abgelaufen, ich habe immer noch keinen richtigen Arbeitgeber. Während der Pandemie war es besonders schwierig. Keine Papiere, kein Geld, Angst um die Familie in Manila. Konnte nicht rausgehen. Gut, dass ich Freunde gefunden habe, die mir diesen Job vermittelt habben. Wenigstens bin ich nicht eingesperrt und abgeschoben worden. Suerte par in. Ich habe vergleichsweise immer noch Glück gehabt, beschreibt sie ihre Lage.

Du fragst, warum sie nicht einfach wieder zurück nach Hause gefahren ist, jetzt nach der Pandemie, wo die Grenzen wieder offen sind. Sie schüttelt vehement den Kopf, die Ponysträhnen flattern über ihre Stirn. *Nein, nein, das geht nicht. Ich muss Geld sparen, um mir einen neuen Pass zu besorgen. Mir hilft jemand, meine Papiere in Ordnung zu bringen. Hab schon eine Anzahlung gemacht. Er meinte, es fehlten nur noch 800 Ringgit**. *Die kann ich in zwei Monaten aufbringen, denk ich. Dann muss ich zu Hause Schulden abzahlen, und bei einigen hier, und noch mal sparen für den Flug. … Matagal-tagal pa, bago makauwi.* Es wird noch eine Weile dauern, bis ich nach Hause kann, seufzt sie. Und dann fragt sie verlegen: *Vielleicht, ähhm, weißt du von anderen Jobs, irgendeiner bezahlten Arbeit, für die du mich empfehlen kannst?* Entschuldigung heischend sage ich, dass ich nichts von Jobs wüsste, und dränge sie erneut, in der Botschaft Hilfe zu erfragen. Aber sie sagt: *Nein, nein, die schieben mich nur ab. Es geht mir einigermaßen, ich muss nur vorsichtig sein, keinen Verdacht erregen. Ich habe Freunde, die das vor mir probiert haben,* versichert sie. Bevor du gehst, steckst du ihr etwas Geld zu, und sie umarmt dich fest.

Aus Unterredungen mit NGOs erfährst du, dass es in Kuala Lumpur eine wachsende Zahl philippinischer Migranten gibt, die nicht nur in Fabriken und auf Plantagen arbeiten, sondern auch im Dienstleistungs- und Pflegebereich. Vermutlich werden Filipinos bevorzugt wegen ihrer Englischkenntnisse. Gewöhnlich werden sie über Schulprogramme oder Praktika ins Land gebracht, arbeiten dann aber für Löhne unterhalb des Minimums in Hotels und Bars inklusive monatlicher Abzüge für die Rekrutierungskosten, zusätzlich zu den Gebühren, die

* Ringgit – Währung in Malaysia (1 RM = 0,20 €).

bereits von der Schule erhoben wurden. Man nimmt ihnen die Pässe ab, und sie hausen in überfüllten Räumen, die von ihren Arbeitsvermittlern streng überwacht werden, um sie an der Flucht zu hindern.

⋆

Ich hatte eine glückliche Kindheit, ein normales Mittelklasse-Zuhause. Ich hatte viele Freundinnen, ging gern zur Schule. Ich vermute, unsere Eltern schirmten uns vor der Wirklichkeit ab, aber vielleicht wussten sie auch selbst nicht, wie schwierig die Lage war. Sie waren irgendwie Freigeister. Dad begegnete Mom in Tawau. Sie arbeitete damals in einem Restaurant oder einem Club, und Dad war in Malaysia auf Geschäftsreise. Vermutlich war es die Persönlichkeit meiner Mom, ihre Vitalität und die Fähigkeit, mit jedem ins Gespräch zu kommen, die meinen Dad zu ihr hinzogen. Sie verfügte nur über wenig formale Bildung, aber sie beherrschte Malay, Chinesisch, Englisch und Filippino, dazu noch ihre Muttersprache. Und sie war mutig. Auch Dad war kein typischer China-Malaysier, eher so eine Art Hippie. Sie verliebten sich, gründeten eine Familie, zogen uns Kinder groß. Als ich zwölf war und mein jüngster Bruder noch sehr klein, verließ uns Mom. Ich weiß nicht warum. Wir wissen nur, dass sie wieder nach Tawi-Tawi auf die Philippinen zog, haben aber den Kontakt zu ihr ganz verloren. Jahre später bekam ich heraus, dass Mom und Dad von Rechts wegen nie verheiratet gewesen waren. Während unsere Geburtsurkunden meinen Dad als Vater auswiesen, wurde Mutter als Filippina aufgeführt, nicht als legale Einwohnerin Malaysias. Kann sein, dass sie die ganze Zeit in diesem irregulären Status in Sabah gelebt hat. Deswegen werden meine Geschwister und ich nicht nur als illegitime Kinder geführt, sondern gleichzeitig auch als Nicht-Malaysier, als staatenlos. Ich erfuhr das alles erst, als ich kurz vor meinem

A-Level-Abschluss stand und versuchte, eine nationale ID-Card zu beantragen, die mir zu meinem Entsetzen verweigert wurde. Meine Welt war über Nacht eine andere geworden.

Du gelangst an den Ort deines Treffens in KK, ein *kopitiam*, ein Café in einem Einkaufszentrum, das traditionell von chinesisch-malaysischen Familien geführt wird. Es befindet sich außerhalb des Stadtzentrums und ist so früh am Nachmittag erstaunlich gut besucht. Man sieht Leute, die eindeutig Stammgäste sind, Bier trinken und Teller mit schmackhaften Speisen vor sich stehen haben. Sie sind bequem in Hauskleidung und Slipper gekleidet. Außerdem sieht man Großfamilien mit Kindern und älteren Menschen an großen runden Tischen, die ein ausgedehntes Mittagessen zu sich nehmen, dazu einige Einzelpersonen, die abseits in einer Ecke ruhig ihren Kaffee oder Tee trinken und Zeitung lesen. In einer solchen Ecke entdeckst du deine gute Freundin L., wie sie allein ihren Kaffee trinkt. L. ist Rechtsanwältin und leitet eine informelle, nicht-registrierte Gruppe freiwilliger Rechtshelfer, die Filipinos und indonesische Wanderarbeiter ohne ausreichende Dokumente dabei unterstützt, für bessere Arbeitsbedingungen einzutreten. Sie umarmt dich fest und entschuldigt sich dafür, dich aus dem Stadtzentrum herausgelotst zu haben, und beteuert, dass sie die Innenstadt absolut nicht ertragen könne. Außerdem verspricht sie, dass dieses Kopitiam viel besseres Essen hat und ausreichend Privatsphäre für freimütige Gespräche über Themen bietet, über die nur wenige Menschen in Sabah offen reden.

Als du ihr erzählst, dass du über Kuala Lumpur fliegen musstest, um hierher zu kommen, zieht sie dich damit auf, dass du zwei teure Flüge genommen hast, statt über das Meer eine direktere Verbindung zu nehmen, von der Südspitze der Philippinen über verschiedene kleinere Grenzübergänge und Kanäle zu den großen Städten wie KK, Sandakan, Semporna, Lahad Daku oder Tawau in Sabah. Diese Routen nutzen viele Filipinos und Sabahans seit Jahrzehnten. Manch einer behauptet sogar, seit Jahrhunderten. *Die Grenze ist bis auf den heutigen Tag ziemlich durchlässig. Sogar in den bewachten Häfen bieten sich den Leuten immer Möglichkeiten, ohne die formalen Prozeduren rein und raus zu kommen. Solange man den richtigen Preis bezahlt*, berichtet L. Von diesen aktiv benutzten Routen zwischen den Philippinen und Sabah hat sie zehn selbst ausprobiert und aufgezeichnet.

Die Philippinen verbindet eine sehr vielfältige, wenngleich belastete Beziehung mit diesem Teil Malaysias, die von gemeinsamer Kultur und Grenze, territorialen Besitzansprüchen und Migrationsproblemen gekennzeichnet ist. Die Philippinen erheben Anspruch auf Teile Sabahs und haben deshalb kein Konsulat dort eingerichtet, obwohl hier viele philippinische Staatsbürger leben. Auf den Philippinen sagen viele Leute, dass sie und ihre Familien die Grenze seit Generationen überquert haben, um nach Sabah zu gelangen, dort zu arbeiten, Handel zu treiben, ihre Familie zu besuchen, sich niederzulassen, oder einfach so, weil sie es konnten. Viele haben überhaupt keine Vorstellung von den Grenzziehungen und somit Sabah stets als Erweiterung der Heimat beziehungsweise als Heimat selbst angesehen.

Was ist mit den Grenzschließungen? Haben sie die Mobilität der Menschen beeinträchtigt? Während der Pandemie sind Tausende deportiert worden, oder? Das fragst du L. leise, während eine junge Kellnerin dampfendheiße chinesisch-malaysische Gerichte auftischt und kaltes Bier in Becher gießt. L. nickt und erzählt dir, dass sie von den Arbeitern, die sie unterstützt, seit Ausbruch der Pandemie ständig Klagen und Berichte erhalten hat. Sie greift zu ihrem Handy und zeigt dir eine sehr aktive Chatgruppe, die sie den ganzen Tag über beobachtet. Anschließend teilt L. ein Video mit dir, das sich jüngst wie ein Lauffeuer verbreitet hat. Darin sind gravierend unterernährte und sehr kranke Migranten zu sehen, die in überfüllten Gefängniszellen festgehalten werden. Zudem gibt es einige Berichte über Migranten, die auf dem Höhepunkt der Pandemie in Gefangenschaft starben. *Die Migranten einkesseln und ins Gefängnis werfen, das war eindeutig Teil der offiziellen Pandemiebekämpfung durch den Staat.*

L. erzählt dir, dass sich die grässliche Lage vieler Migranten, vor allem der nach staatlichen Standard »Illegalen«, durch Covid-19 verschlimmert hat. Zu den »Illegalen«-gehören auch jene, die eigentlich Papiere besaßen, durch die Grenzschließung aber ihren Status einbüßten. Sie wurden Zielscheibe von Razzien und Durchsuchungen, die sich während der Pandemie intensivierten. *Für viele Arbeiter ohne Papiere wurde die Plantage in gewisser Weise zum sicheren Zufluchtsort,* erklärt sie weiter. *Allerdings hieß das auch, dass die Arbeiter nun vollständig der Gnade der Plantagen- und Farmbesitzer und der Feldaufseher ausgeliefert waren. Wenn sie Glück haben, treffen sie auf freundliche und verständnisvolle Arbeitgeber. Ansonsten bedeutet ihr Status, dass sie keinen Zugang zu rechtlichem Arbeitsschutz und grundlegenden Dienstleistungen erhalten.*

Du denkst an die Arbeiter, denen du vor einigen Wochen im Rahmen eines Projekts begegnet bist, das du gemeinsam mit einigen sehr mutigen einheimischen Journalisten und katholischen Nonnen begleitet hast. Du denkst daran, wie du, ungefähr um Mitternacht, auf dunklen, verlassenen Sandakan-Highways gefahren bist, die auf beiden Seiten von den Umrissen der Palmen begrenzt wurden. Du denkst an die anmutige und stille Sister Anne (Name geändert) am Steuer dieses Toyota-Allraders und an Sister Margaret (Name geändert) daneben, die sie mit Hilfe einer nachlässig gefalteten Karte und einer Taschenlampe dirigierte. Du hast neben deinem Freund, dem Journalisten O. gesessen, sowie neben einem weiteren Wissenschaftler und seiner jungen Frau, zusammengepfercht auf der Rückbank.

Dein Fahrzeug folgte zwei Männern auf einem Motorrad, Plantagenarbeitern, die dieses Treffen mit deiner Gruppe an einem sicheren Ort auf der Plantage organisiert hatten. Die Nonnen machten dies regelmäßig – besuchten die Arbeiter ohne Papiere und ihre staatenlosen Kinder, brachten Essen und Medikamente und leisteten manchmal Nachhilfestunden für die Kinder. Die Nonnen erlaubten deiner Forschungsgruppe mitzufahren, allerdings nur im Schutz der Dunkelheit, weil sie keine Aufmerksamkeit erregen wollten. Die Razzien und »Aushebungen illegaler Migranten« haben zugenommen. Seit dem erfolglosen Angriff bewaffneter Filipinos wird jeder Person, die man verdächtigt, von den Philippinen zu stammen, erhöhte Feindseligkeit entgegengebracht.

Sister Anne steuerte das Auto scharf nach rechts, vom Highway herunter, und bog auf eine unbefestigte Piste ein, die nur von den Scheinwerfern des Motorrads und des Autos erhellt wurde. Bald darauf konntest du inmitten der dichten, dunklen Plantage einen schwachen Lichtschimmer ausmachen. Sister Anne parkte den Wagen neben dem Motorrad, und deine Gruppe folgte den beiden Männern zu einem behelfsmäßigen Zelt, in dessen Mitte eine funzelnde Glühlampe ungefähr fünfzig Menschen – Männer, Frauen, Kinder – beleuchtete, die sich darunter aneinander drängten. *Among mag kauban, mag asawa, anak, apo.* Unsere Arbeitskollegen, Partner,

Kinder, Enkel, erklärte einer der Führer. Dir zuliebe sprach er Bisaya* und zeigte auf die Gruppe. Angst und Erschöpfung waren ihren Gesichtern eingeschrieben, dennoch freuten sie sich, die Nonnen zu sehen. Nahezu gleichzeitig sprangen die Frauen und Kinder auf und rannten auf die Schwestern zu.

Einige erklärten mit Bestimmtheit: *Wir haben auf den Philippinen keine Wurzeln. Dort kennen wir niemanden mehr.* Einige Männer erzählten, dass sie Anfang der 1970er Jahre hierhergekommen waren, als sie in jungen Jahren nicht in den Krieg der Separatistenbewegung hineingezogen werden wollten. *Samok kaaya, ug lisod,* als sehr gewalttätig und schwierig beschrieben sie das Leben, das sie auf den Philippinen hinter sich gelassen hatten. Die Frauen erzählten dir: *Diese Kinder wurden wie wir, ihre Eltern, auf der Plantage, unserem Zuhause, geboren.* Keiner von ihnen ist je in einem Krankenhaus gewesen. Nur wenige waren jemals in der Innenstadt von Sandakan. Fast alle kannten nur das Leben auf der Plantage. Und allesamt waren sie nicht registriert.

Vor einigen Jahren gelang es ein paar Erntearbeitern, sich im Rahmen eines Amnestieprogramms der Regierung Pässe zu verschaffen. Sie berichteten aber, dass die Geschäftsleitung ihre Pässe eingezogen hätten, damit sie nicht heimlich davonliefen oder flohen. *Was ihnen aber nicht klar ist, dass die Arbeiter auch ohne Pass weglaufen, des Überlebens willen, auf der Suche nach besseren und sichereren Möglichkeiten, die es woanders geben könnte*, sagte ein Arbeiter. Die meisten verstanden nicht ganz, warum sie gezwungen wurden, sich zu verstecken, warum sie ihre

* Bisaya – Sprache der gleichnamigen Ethnie in Sabah, auch Cebuano, malayo-austronesische Sprache mit circa 30 Millionen Sprechern (Mutter- und Zweitsprachler).

Häuser verlassen mussten. *Es ist jetzt alles anders,* hatte ihnen ihr *mandor* gesagt, ihr Aufseher, der ihnen half, sie vor den Behörden schützte und vorübergehend in dem alten Haus unterbrachte, das ihm zugewiesen worden war.

Der Mandor, ein stämmiger Mann durchschnittlicher Größe und von umgänglicher und freundlicher Art, erzählte dir, dass er das tue, weil es schwierig sei, gute Arbeiter für die Plantage zu finden. *Die Einheimischen mögen die Arbeit nicht, die diese Leute übernehmen,* behauptete er. *Diese Leute, sie wollen einfach nur arbeiten, ein einfaches Leben haben, weißt du?* Er zog ausgiebig an seiner Zigarette und blies den Rauch in Richtung der Gruppe, die mit den Nonnen etwas besprach. Du fragtest ihn nach den Pässen, und er antwortete, es stimme, dass einige Arbeiter Ausweise hätten. *Aber Pässe ohne Arbeitserlaubnis sind nichts wert,* sagte er. *Selbst wenn ich den Arbeitern ihre Pässe aushändige, und selbst, wenn sie AE haben, ist das keine Garantie, dass RELA** oder die Polizei sie nicht aufgreifen. Deswegen sag ich ihnen, bleibt hier, geht nicht raus, das ist besser für euch. Ich pass auf euch auf.* Er schloss das Schubfach auf, in dem er die Pässe der Arbeiter aufbewahrte, und meinte, er hielte sie für den Fall bereit, dass eine Inspektion auftauche und er sie vorzeigen müsse. Manchmal kontrollierten RELA und Einwanderungsbehörde, manchmal nicht. *Vielleicht wissen sie einfach nicht, wonach sie suchen sollen,* lachte er. *Keiner zählt, ob die Anzahl der Pässe mit der Anzahl der Arbeiter auf der Plantage übereinstimmt … oder sieht nach, ob die Pässe abgelaufen sind. Manchmal schmiere ich sie, damit sie nicht zu gründlich*

* RELA – paramilitärische Freiwilligeneinheit Malaysias mit circa drei Millionen Angehörigen, die dem Innenministerium untersteht.

kontrollieren. Nicht viel, vielleicht 500 oder 600 Ringgit. Lassen die Razzien nach, können die Arbeiter wieder in ihre Quartiere zurück. Wir weisen ihnen Platz für eigene Häuser zu, weißt du. Sie haben Gärten mit tiefen Brunnen, sie dürfen Tiere halten, können Eidechsen jagen oder auch Schlangen. Das liegt ganz bei ihnen, ist kein Problem. Es sind gute Arbeiter, und wir helfen einander …

Die Nonnen verteilten die Vorräte und erklärten der Gruppe, dass sie nicht lange bleiben könnten. Auch die Arbeiter mussten vor Sonnenaufgang wieder aufstehen, um auf den Feldern zu arbeiten. Vor dem Aufbruch drängten die Arbeiterinnen alle, aus Plastikbechern milchigsüßen Kaffee zu trinken sowie Reiskuchen und Kekse zu essen. Alle versammelten sich am Tisch, die Nonnen wurden gebeten, das Essen zu segnen, und selbst die Muslime beugten den Kopf im Gebet, bevor sie an dem einfachen Festmahl teilnahmen, das die Frauen der Arbeiter so liebevoll vorbereitet hatten.

*

Wieder im Hotel kommt eine Mitarbeiterin vom Empfang zögernd auf dich zu und sagt *Kumusta? Enjoy kayo?*, und bestätigt damit deine Vermutung. Sie erzählt, dass sie einen guten Arbeitgeber habe und sicher sei, aber eine Menge gezahlt habe, um den Job zu bekommen. *Ich habe keine Arbeitserlaubnis, nur den Pass, und es gab vertrauliche Absprachen zwischen meinem Agenten und dem Arbeitgeber.* Wegen der Abzüge wird ihr nicht der volle Lohn ausgezahlt, aber sie sagt, dass sie mehr als genug zum Leben bekomme. *So viel besser als zuhause*, erklärt sie dir.

Bevor du in dein Zimmer gehst, entscheidest du dich für einen Spaziergang auf dem Boulevard, hin zu einer

Touristenattraktion, die alle als Filipino Market bezeichnen, ein ironisches Zeugnis der Verbindungen zwischen den zwei Ländern. Es erscheint bemerkenswert, wie offensichtlich philippinische Waren und Produkte gefördert werden und gleichzeitig totgeschwiegen wird, dass Tausende staatenlose, von den Philippinen stammende Menschen ohne Papiere im Land leben. In der Meeresfrüchteabteilung hinter dem Markt entdeckst du einige kleine Jungen, die aussehen, als wären sie noch keine fünfzehn, und vermutlich auch philippinischer Herkunft sind, wie man dir sagt. Du siehst, dass diese Jungen alle möglichen Arbeiten übernehmen, Kisten schleppen, die viel größer als ihre winzigen dunklen Körper sind, mit ihren dünnen sonnenverbrannten Armen Karren schieben. Sind sie mit einer Arbeit fertig, schlüpfen sie an ihre leeren Stände zurück und verstecken sich unter Tischen, um sich vor der unbarmherzigen Sonne zu schützen.

⋆

Als ich klein war, besaß ich einen malaysischen Pass – der einzige Beweis, dass dieses Land einmal einen Bürger in mir gesehen hat. Das war in dem Zeitfenster, als wir lediglich unsere Geburtsurkunden vorzeigen mussten, um einen Pass zu bekommen. Dadurch konnten mein Bruder, der nur ein Jahr jünger ist, und ich mit Dad in andere Länder reisen. Mein anderer Bruder aber, der jüngste von uns, ist traurigerweise nie aus dem Land herausgekommen. Als Dad versuchte, ihm einen Pass zu besorgen, hatten sich die Anforderungen bereits geändert. Mein jüngster Bruder konnte keinen Pass mehr bekommen, und unsere ließen sich nicht mehr erneuern. Inzwischen sind meine Brüder 23 und 19 Jahre alt. Ich bin 24. Wir stecken alle in derselben Lage: Wir können das Land nicht verlassen – jedenfalls nicht auf sicherem, formalem Weg. Wenn wir gehen, kann es passieren, dass wir nie wieder zurückkommen dürfen …

Mr. S., Leiter des Processing Centre for Displaced Persons (PCDP) in Zamboanga, berichtet dir während eurer Unterredung, dass es während der Pandemie zu einer Abschiebungswelle gekommen sei. Zu Anfang war sein Center nicht gut auf die steigenden Abschiebungszahlen vorbereitet, stellte sich aber im Lauf der Zeit auf Häufigkeit und Umfang der Abschiebungen aus Sabah ein. Das PCDP nimmt die Abschiebehäftlinge in Empfang und bearbeitet sie verwaltungstechnisch, bringt sie unter und hilft ihnen, sich in die Gesellschaft zu re-integrieren oder an ihre Herkunftsorte zurückzukehren, *zumeist nach Zamboanga, Tawi-Tawi oder Basilan.* Nur wenige stammen nicht von der südlichen philippinischen Insel Mindanao. Er berichtet, dass sich die Abschiebungen im zweiten Quartal 2023 reduziert hätten und unbegleitete Minderjährige nicht mehr abgeschoben werden würden, was zuvor der Normalfall gewesen sei. *Wir haben ihnen gesagt, dass wir das nicht hinnehmen können – Kinder sollten bei ihren Familien sein, sollten nicht mit Fremden zusammen in Gefängnissen eingesperrt oder ohne Eltern oder Verwandte nach Zamboanga abgeschoben werden. Wir wissen nicht einmal, ob diese Kinder wirklich Filipinos oder philippinischer Abstammung sind.*

Mr. S. erzählt dir weiter, dass das Center im Augenblick niemanden beherberge, weil die Fälle aus der Vorwoche – ungefähr zweihundert – *allesamt bereits bearbeitet und freigelassen* worden seien. Du bemühst dich, nicht zu skeptisch zu klingen, aber musst ihn einfach fragen: *Sind tatsächlich alle freigelassen worden? Das heißt, Sie waren in der Lage, alle mit Familien in Verbindung zu bringen oder erfolgreich ihre philippinische Identität und*

Staatsbürgerschaft festzustellen? Wie steht es um diejenigen, die auf den Philippinen keinerlei Wurzeln oder Beziehungen haben? Er versucht nicht, dir eine einfallslose, einstudierte Antwort zu geben. Und du nickst einfach in unausgesprochener Zustimmung, dass du und er ganz genau wissen, was passiert – diese Leute finden einfach einen anderen Weg zurück nach Sabah, wo viele, wie ihre Eltern und Großeltern, leben, obwohl sie nicht als legale Einwohner oder Bürger des Landes anerkannt werden. *Ja, wir bekommen Leute, deren Nationalität wir nicht ermitteln können. Wir bringen sie dennoch unter und geben ihnen zu essen. Wir bearbeiten ihre Fälle, und anschließend informieren wir die malaysische wie die philippinische Regierung über ihren Status. Es ist schwierig, wir können sie nicht lange hier in Gewahrsam halten. Sie saßen davor schon monatelang im Gefängnis … Außerdem sind unsere Ressourcen begrenzt. Wir müssen das Center räumen und uns auf den nächsten Schwung Abschiebungen vorbereiten.* Du nickst erneut, schweigst Verständnis signalisierend und belässt es einfach dabei.

Du fragst Mr. S., ob die Bearbeitung noch so ablaufe, wie du sie vor zehn Jahren kennengelernt hattest. Er bestätigt dir, dass sich nichts geändert habe, dass es im Wesentlichen derselbe Ablauf sei, dieselbe Erfahrung, die die Deportierten durchliefen. Wieder verkneifst du dir die Frage: Was haben Malaysia und die Philippinnen unternommen, dieses jahrzehntealte Problem zu lösen? Du hast den Eindruck, es seien alle dazu verdammt, in diesem abgedroschenen Theaterstück, das einer sich nie ändernden Handlung folgt und stets zum selben Ende führt, die immer selben Rollen zu spielen. Ein teuflischer Kreislauf, so brutal, *mura og purgatoryo*, als wäre man im Fegefeuer, in einem endlos währenden Muster gefangen. So hat es dir einmal ein Abgeschobener berichtet. Du siehst noch sein Gesicht vor dir, das ausgeblichene grüne Hemd, das er trug, die trockene Haut seiner knochigen Hände, die sich schälte, die lederne Textur seiner braunen Haut. Er lächelte, als er dir das sagte, nicht ironisch. Die Abschiebung war eine Befreiung aus der Haft. Auch das hatte er gesagt, und dass er sich darauf gefreut habe, für einige Tage im Center unterzukommen, bevor er sich auf den Weg zurück nach Sabah machte.

Du denkst an den Tag zurück, an dem du dich der behördenübergreifenden Spezialeinheit angeschlossen hast, die auf das Schiff aus Sabah wartete. Punkt drei Uhr warst du im Hafen von Zamboanga, es war höllisch heiß, doch lag eine spürbare, beinahe festliche Erregung in der Luft. Es herrschte ein entspanntes, stillschweigendes Einvernehmen unter den Menschen, die auf das Schiff warteten: Regierungsangestellte, einheimische und internationale Freiwillige, anwaltschaftliche Gruppen, Polizei, Neugierige, Hafenarbeiter und Docker.

Das Schiff aus Sabah befährt regelmäßig die Route Sandakan – Zamboanga. Es hat drei Hauptsektoren: Die ersten beiden werden mit zahlenden Passagieren besetzt, der oberste Sektor, durch eine metallene Sicherheitstür abgeteilt, ist den *halaw* vorbehalten, wie man die Abgeschobenen in den lokalen Sprachen nennt, die in Sabah und Zamboanga gesprochen werden. Dieser Begriff kann »zurückgewiesen«, »abgelegt« oder »ausrangiert« bedeuten. Das Schiff verkehrt regelmäßig zweimal in der Woche, mittwochs und samstags. Die Zahl der Abgeschobenen schwankt zwischen fünfzig und zweihundert pro Fahrt. Davon abgesehen kommt es meist zusätzlich zu weiteren intensiven Abschiebungen. Das heißt, dass Woche für Woche Hunderte oder Tausende Filipinos ohne Papiere nach Zamboanga verschifft werden.

Sobald das Schiff in Sicht kam, wurde auch das behördenübergreifende Einsatzteam aktiv. Du hast dich ihnen, wie angewiesen, angeschlossen. In dem Augenblick, in dem du das Schiff betratst, trafen dich als Erstes der Geruch, dann die Hitze und der Lärm. Beamte der Einwanderungsbehörde gingen an dir vorüber, gefolgt vom Quarantäneteam und dem Sozialhilfekoordinator. Sie waren auf dem Weg zu einem Lagerraum neben der Kapitänskajüte. Hier mussten sich sämtliche Passagiere den Reisepass abstempeln lassen, bevor sie das Schiff verlassen durften. Du gabst dir Mühe, nicht zurückzubleiben und zu den Passagieren auf dem obersten Deck hinauf zu starren, die durch die metallene Sicherheitstür lugten. Eine junge Krankenschwester, die die Deportierten aus Sabah begleitete, brachte das Team im Lagerraum auf den neuesten Stand: Insgesamt waren es 261, mindestens acht in einem schlechten gesundheitlichen Zustand, sodass sie so schnell wie möglich ins Krankenhaus gebracht werden sollten. Zudem gab es ein paar Neugeborene, Kleinkinder und Jugendliche, die zuerst vom Schiff gebracht werden mussten. Außerdem war im Abschiebegefängnis eine Art Pocken ausgebrochen. *Also ergreift Vorsichtsmaßnahmen, die meisten haben sich bereits angesteckt*, meinte sie.

Nach der Einweisung wurde die Sicherheitstür aufgeschlossen. Du stiegst entschlossen die Metalltreppe hinauf. Bevor das Notfallteam die acht Abgeschobenen ausmachen konnte, die dringend medizinisch versorgt werden mussten, machte sich eine gewisse Verwirrung breit. Denn sie sahen alle so aus, als bräuchten sie medizinische Notfallversorgung. Außerdem gab es so viele Doppelstockbetten, dass wenig Platz blieb, sich zwischen ihnen zu bewegen. Es kam kaum Licht herein, die Luft war abgestanden, und dann begannen einige auch noch zu rauchen. Der Tabakgeruch mischte sich mit dem Dunst der ungewaschenen Körper, unbehandelten Wunden, schweißgetränkten Betten und den Essensresten in den Mülleimern. Du befürchtetest, dir während dieser Mission die Seele aus dem Leib kotzen zu müssen.

Zu guter Letzt entdeckte das Team die Erkrankten: Ihre Glieder waren zusammengeschrumpft, Hacken und Füße geschwollen und seltsam verformt. Die häufigste Klage lautete: Ich kann die Beine nicht bewegen, kann nichts mehr fühlen. Während der Haft hatte man ihnen nur selten gestattet zu stehen oder zu gehen. Sie konnten nun nur noch auf den Fersen hocken oder auf dem Rücken liegen. Zwei hatten versucht aufzustehen, waren aber mit einem Rohrstock in die Kniekehlen geschlagen und gezwungen worden, sich wieder zu setzen. Also hatten sie sich hingesetzt und zu lange in dieser Position verharrt. *Schwerste Inaktivitätsatrophie*, meinte die Krankenschwester. Sie war nicht davon überzeugt, dass das mit kräftigenden Übungen und besserer Ernährung geheilt werden konnte. Sie war nicht einmal sicher, ob es sich lediglich um eine Muskelatrophie handelte. Von ihrer totenbleichen Haut und von ihrer Augenfarbe ausgehend diagnostizierte sie außerdem ein *Nierenversagen aufgrund von Dehydrierung und einer Vielzahl von Verletzungen. Das*, sagte sie, *wird in schnell zunehmendem Maße zum Hauptgrund für die Sterblichkeit unter den Deportierten.*

Auf einmal bewegte sich das Schiff. Die Leute gerieten in Panik. Wohin bringt man uns? Warum legt das Schiff vom Pier ab? Auch dein Herz machte einen Sprung. Vielleicht brachte man das Schiff nur näher an den Kai heran, erklärtest du ihnen. Nachdem die Schiffsbewegung aufgehört hatte, eilten die Abgeschobenen hektisch an die Tür. Es kam zu einem Tumult, der sich nur schwer beruhigen ließ. Einige Patienten mussten wieder in ihre

Doppelstockbetten zurückverlegt werden, damit die verängstigten Passagiere das Schiff als Erste verlassen konnten. Zwei Männer beschlossen, ruhig abzuwarten, und zündeten sich Zigaretten an. *Sie hatten das alles schon mal erlebt*, erzählten sie. Der eine war bereits dreimal deportiert worden, der andere zweimal. Und danach gingen sie einfach wieder zurück. *Raus über Tawi-tawi, überhaupt kein Problem, ganz einfach.* In Sabah kennen sie jemanden, der Pässe fälscht. *Willst du auch einen?*, boten sie an. *Sayon ra kaayo mam. Es ist wirklich ganz einfach, Ma'am.* Sie beharrten darauf.

Um acht Uhr abends wurden die Abgeschobenen in ihre Übergangsunterkunft, das Philippine Center for Displaced Persons in Zamboanga gebracht. Sie wurden über ihren neuen Status und ihre Lage aufgeklärt und formell auf den Philippinen willkommen geheißen. Neugierige Kinder aus der Nachbarschaft umringten sie, klatschten und riefen fröhlich: Halaw! Halaw! Halaw! Dieses abwertende Wort, das alle kannten, schien auf diese Art zu etwas Liebenswürdigem zu werden. Sie sind jetzt auf den Philippinen, Sie sind jetzt frei, erklärte ihnen der Direktor des Center während der Einweisung auf Chavacano und Bisaya. Nachdem der Satz in Bahasa Malay übersetzt worden war, jubelte manch einer, andere vergossen unfreiwillig Tränen, wieder andere schluchzten laut.

*

Ich weiß nicht, ob ich die Prüfung ablegen darf, ich kann ja nicht einmal ein Konto eröffnen oder für den Führerschein lernen … Ich muss immer vorsichtig sein, wenn ich rausgehe. Ich kann so viele Dinge nicht tun, von denen ich immer glaubte, sie lägen in Reichweite … Mir läuft die Zeit davon, ich muss mir darüber klar werden, was ich tun will. Es gibt immer noch Möglichkeiten. Und weil ich diese Möglichkeiten habe, glaube ich, dass ich privilegiert bin, weil ich Ressourcen habe und einen Dad, der mich so sehr unterstützt … Ich kann ihm aber nicht ewig auf der Tasche liegen. Vielleicht beantrage ich einen philippinischen Pass, versuche mit dieser Seite meines Ichs klarzukommen … Ich bin traurig, dass ich nicht allzu viel weiß, nicht einmal die Sprache der Philippinen spreche. Ich weiß nichts über die Herkunft meiner Mutter in Tawi-Tawi, nur wie gewalttätig und gefährlich es dort ist. Das bedeutet, dass ich wieder eine andere Identität haben werde und viele andere Dinge klären muss, zum Beispiel wie ich über längere Zeit sicher in Malaysia bleiben kann. Das wird sich anders anfühlen, aber in Innern, im Innern werde ich dieselbe bleiben …

Während du dich darauf vorbereitest, deinen Text zur vielschichtigen Lage der Migranten und Flüchtlinge in Malaysia zu schreiben, öffnest du auf dem Laptop noch einmal die Zoomaufnahme deines Interviews mit Ema, deren Geschichte dir nicht aus dem Kopf will. Äußerlich sieht sie wie das absolute Gegenteil eines Menschen aus, der sich in einer derart verletzlichen Situation befindet: aufgeweckt, intelligent, selbstbewusst, weltläufig, bürgerlich, eine Studentin, die nur noch einen Schritt von ihrem Juraabschluss entfernt ist. Gleichzeitig ist sie der Staatsbürgerschaft und eines rechtlichen Status beraubt, Belästigungen, Diskriminierung und der Abschiebungsgefahr ausgesetzt, all das nur, weil ihre Mutter den Anforderungen der Registrierung nicht nachgekommen ist. Du denkst an die Tausenden, denen es ebenso ergeht, aber nicht über ihre Mittel und Rechtskenntnis verfügen. Und du fragst dich, wie viele Leben in der Vorhölle dieses System noch ausbrüten wird.

Jugendliebe, Sushi und Doppelflucht

Juri Durkot

Der Zug war lange unterwegs. Er fuhr langsam und hielt immer wieder an. An Bahnhöfen oder mitten im Feld. Wartete, als wüsste er nicht mehr wohin. Fuhr erneut an, stoppte. Es schien, als tastete sich die Lok im Schneeregen extrem vorsichtig vor. Draußen war kaum etwas zu sehen. Der Abend brach früh an. Im Winter wird es schnell dunkel.

Die Waggons waren überfüllt. In die Abteile alter sowjetischer Bauart zwängten sich Frauen mit Kindern. In Daschas Viererabteil saßen elf Personen. Andere Frauen und Männer füllten den Flur und die Eingänge. Mitten in der Nacht hielt der Zug wieder an einem Bahnhof. Die wartende Menschenmenge stürmte auf die Waggons zu. Eine Frau mit Kind schaffte es, hineinzuklettern. Ihre Mutter blieb zurück am Bahnsteig. Der Zug fuhr an. Die Mutter und die Oma schrien. Kleinkinder wurden aus dem Schlaf gerissen und weinten. Nach einiger Zeit beruhigten sie sich, aber an Schlaf war nicht mehr zu denken. Die Handys mussten die ganze Zeit ausgeschaltet bleiben und die Jalousien an den Fenstern heruntergezogen. Bald stoppte der Zug wieder mitten im Feld. Es gebe Luftalarm, hieß es, man müsse warten.

Dascha weiß nicht mehr, wie lange sie dort standen. Im Nebel der Flucht verliert man das Zeitgefühl. Man hat den Eindruck, der Schrecken dauert ewig. Tatsächlich waren sie den Nachmittag, die Nacht und den ganzen darauffolgenden Tag unterwegs. Nach etwa dreißig

Stunden stieg Dascha mit ihrem Mann Stas und zwei Kindern – Bohdan* und Maksym – am Bahnhof im westukrainischen Lemberg** aus. Eine lange Irrfahrt war zu Ende, niemand wusste, ob nur vorübergehend.

Seit ein paar Tagen war das halbe Land unterwegs. In der Nacht zum 24. Februar war etwas passiert, woran niemand vorher hatte glauben wollen, auch wenn viele Ukrainer ein Gefühl der Unvermeidlichkeit hatten. Ein neuer großer Krieg in Europa wurde von Russland vom Zaun gebrochen. Nun rückten die russischen Truppen aus drei Richtungen vor – vom Norden, vom Osten und vom Süden. Die ukrainische Hauptstadt Kyjiw sollte laut russischem Plan in wenigen Tagen fallen. Nur der Westen des Landes schien zu diesem Zeitpunkt relativ sicher zu sein. Also nahm man die Flucht in Richtung Westen auf.

Die Straßen waren verstopft, die Züge heillos überfüllt. Ein Freund, der seine Familie aus Kyjiw wegbringen wollte, brauchte drei Tage für eine Strecke, die man normalerweise in fünf Stunden schafft. Und elf Menschen in einem Abteil waren keine Ausnahme. Manchmal drückten sich sogar fünfzehn Personen hinein. Und wie viele im Waggonflur und im Eingang saßen oder standen, zählte niemand mehr.

Geschwindigkeit hat nie zu den Stärken der Züge in Osteuropa gezählt. Das begeisterte besonders die westeuropäischen Intellektuellen, die von ausgedehnten Zugreisen durch weite Landschaften schwärmten. Ich weiß nicht, ob in Daschas Zug Westeuropäer unterwegs

* Das h wird ausgesprochen.

** Neben Czernowitz ist Lemberg die einzige ukrainische Stadt, bei der man auf Deutsch nicht die Umschrift aus dem Ukrainischen verwenden sollte.

waren, aber wenn, werden sie diese Reise wohl nicht als besonders romantisch empfunden haben.

Doch Daschas Flucht begann nicht an jenem kalten Februartag im Winter 2022, als sie auf dem überfüllten Bahnsteig im ostukrainischen Saporischschja stand. Es war die letzte Etappe einer langen Irrfahrt, die acht Jahre zuvor an einem heißen Junitag in Donezk ihren Anfang genommen hatte. Nach dem Abitur und dem abgeschlossenen Jurastudium heuerte Dascha bei der Polizei an. Früher hatte man sich eine junge, kleine, zierliche Frau mit langen schwarzen Haaren als Polizistin kaum vorstellen können, aber die Zeiten hatten sich geändert. Die Fußball-Europameisterschaft hatte gerade stattgefunden, mit seiner supermodernen Donbas-Arena war Donezk einer der vier ukrainischen Austragungsorte. Wie jeder Stadtbewohner war Dascha auf das neue Stadion stolz. Bei seiner Eröffnung 2009 galt es als das modernste in Osteuropa. Die Geschäfte von Rinat Achmetow, dessen Wirtschaftsimperium von Kohlegruben und Stahlwerken bis zu Medien und Banken reichte, liefen blendend. Sein Verein FC Schachtar gewann die ukrainische Meisterschaft in Serie. Oligarchen wissen, wie man Menschen mit Fußball begeistern kann.

Dascha heiratete Stas, ihre Jugendliebe aus der Schulzeit. Die beiden waren in dieselbe Klasse gegangen. Bald wurde ihr erster Sohn geboren: Bohdan. Die Welt schien in Ordnung zu sein, bis zu jenem Frühjahr 2014.

Nach dem Euromaidan, der das Regime des korrupten pro-russischen Präsidenten Wiktor Janukowytsch zum Sturz gebracht und den Möchte-Gern-Diktator in die Flucht gezwungen hatte, sah Russland seinen Einfluss in der Ukraine schwinden. Kurzerhand beschloss Moskau zu handeln. Ohne nennenswerten Widerstand annektierte Russland die Krim und zettelte »Aufstände« im Osten der Ukraine an. Die sogenannten »Touristen« aus dem Nachbarland kamen über die Grenze und schlugen auf pro-ukrainische Demonstranten ein. Im April besetzten die von Russland koordinierten und bewaffneten Gruppen ukrainische Verwaltungen und ganze Städte im Donbas und riefen die zuvor installierten Marionettenregimes als »unabhängige Republiken« Donezk und Luhansk aus, was im Mai in einer fiktiven Volksabstimmung bestätigt wurde. Ende Mai 2014 fing die erste Schlacht um den Donezker Flughafen an.

Den meisten Menschen bleiben die Orte, an denen sie aufgewachsen sind, fest in Erinnerung. Auch Jahre später können sie noch kleinste Details aus dem Gedächtnis ausgraben. Das Bellen des Hundes auf dem Hof nebenan und das Miauen der Katzen in der Nachbarschaft. Die Schläge des Presslufthammers auf der Baustelle um die Ecke und das Gebimmel der Straßenbahn am frühen Morgen. Das Rattern der Eisenbahnwaggons und den Lärm der Flugzeugmotoren. Man kennt jeden Winkel, jeden Stein und jedes Gebüsch. Als Kind hat man hier täglich gespielt, sich vor den Eltern versteckt, Cliquen gebildet und sich gegenseitig Treue geschworen.

Dascha lebte nur einen halben Kilometer vom Donezker Flughafen entfernt. Aus dem Fenster konnte sie den Sicherheitszaun sehen und den Wagen, der das Gelände zur Kontrolle immer wieder abfuhr. Die Abläufe am Flughafen strahlen für Kinder eine unwiderstehliche Romantik aus. Nicht selten stellen sie sich ihre Zukunft und ihren Traumberuf nicht als Taxifahrer, sondern als Pilot vor. Es war schon immer so gewesen, lange bevor die Flugsimulatoren-Programme erfunden wurden, die sich heutzutage jedes Kind auf seinem Rechner installieren kann.

Als die Kämpfe um den Flughafen immer heftiger wurden, beschloss die Familie zu fliehen. Dies war der

Beginn einer zwei Jahre andauernden Irrfahrt durch den Donbas mit verschiedenen Zwischenstationen bei Verwandten und Bekannten, auf einer Route, die sich wie ein Reiseführer durch den russischen Angriffskrieg lesen ließe: Wolnowacha, völlig zerstört und von Russland besetzt, Awdijiwka, das die ukrainischen Streitkräfte im Februar 2024 verlassen mussten, Kramatorsk, immer wieder mit Raketen beschossen … 2016 landete die Familie in Mariupol am Asowschen Meer. Da war ihr jüngerer Sohn, Maksym, gerade acht Monate alt. Hier konnten Dascha und Stas endlich ihren Traum verwirklichen und einen eigenen Sushi-Laden eröffnen. Ein rotes Schild mit dem Namen – Bluefin – zierte ein elegant gezeichneter Thunfisch mit einem roten Quadrat als Hintergrund.

Jetzt sitzen wir mit Dascha in einem kleinen Café mitten in einem neuen, modernen Einkaufszentrum im Norden Lembergs. Es ist später Nachmittag, die Auslagen der Geschäfte locken in grellem Licht die Kunden mit Angeboten. In einem großen Supermarkt bildet sich eine Schlange an der Kasse. Der Arbeitstag ist bald zu Ende, immer mehr Menschen strömen ins Einkaufszentrum, das Parkhaus im Untergeschoss ist fast voll, es gibt kaum noch freie Plätze. Nichts erinnert hier an den Krieg. Ein ganz normales Leben, ein ganz normaler Alltag. Nur selten sieht man einen Mann oder eine Frau in Soldatenuniform, auch sie machen Einkäufe. Doch der Schein des normalen, friedlichen Lebens trügt. Dass es gerade heute keinen Luftalarm gab, ist eine Ausnahme. Selbst wenn Lemberg eine relativ sichere Stadt im westlichen Hinterland ist, schlagen auch hier immer wieder russische Raketen oder iranische Drohnen ein. Nur wenige Wochen nach unserem Gespräch mit Dascha, bei dem wir friedlich unseren Cappuccino aus Pappbechern schlurften, wird eine Rakete ein Wohnhaus zerstören: zehn Tote, Dutzende Verletzte, ein Trümmerfeld ringsherum. Noch einen Kilometer entfernt fliegen in einigen Wohnungen Fenster heraus. Ein Bild der Apokalypse, ein Trauma für die Überlebenden, besonders aber für Dascha, Stas und die Kinder, nach all dem, was sie in Donezk und in Mariupol bereits erlebt haben, nach ihrer Flucht durch das ganze Land.

Der Krieg produziert viele Klüfte: zwischen einem Land im Krieg und einem Land im Frieden. Zwischen den Soldaten, die monatelang an der Front kämpfen, und den Menschen im Hinterland, in Städten wie Uschhorod oder Czernowitz im äußersten Südwesten der Ukraine, die noch nie angegriffen worden sind, wo keine einzige russische Rakete oder Drohne eingeschlagen hat. Soldaten mag es befremdlich vorkommen, wenn sie beobachten, wie man dort in aller Muße genüsslich an einem Glas Wein auf der Sommerterrasse eines Cafés nippt, selbst wenn sie aus ebendieser Stadt kommen und sich hier nur in einem seltenen kurzen Urlaub aufhalten. Manchmal bekommen Soldaten nicht mal Urlaub, um beim Begräbnis eines gefallenen Kameraden dabei zu sein. Ich kenne Frauen von Soldaten, die inzwischen nur noch untereinander Kontakte pflegen, weil sie der Meinung sind, dass alle anderen zu wenig tun. Es gibt eine Kluft zwischen den Menschen, die mehrmals täglich in den Keller oder in die Metro hinuntersteigen, und Menschen, die die meisten Luftalarme ignorieren, weil fast nie etwas passiert. Den Menschen, deren Häuser zerstört worden sind, und den anderen, denen dieser Schicksalsschlag erspart geblieben ist.

Man kann sich nur schwer vorstellen, was ein Mensch auf der Flucht erlebt, wenn man nicht selber von diesem

Schicksal betroffen ist. Es scheint fast eine unüberwindbare Kluft zu sein, die die Gesellschaft zerreißt. Wie fühlt man sich, wenn man weiß, dass es das eigene Haus nicht mehr gibt – zerbombt, ausgebrannt, mit schwarzen Löchern, wo früher Fenster und Türen waren, mit Fassaden, schwarz vom Ruß eines stundenlang wütenden Feuers, das die Feuerwehr und die Helfer in einem aufopferungsvollen Einsatz unter großer Lebensgefahr zu löschen versuchten?

Mancherorts – wie in Mariupol – brannten die Häuser tagelang, weil es niemanden gab, der sich in diesem Inferno der russischen Belagerung darum noch kümmern konnte. Und wie fühlt man sich, wenn man weiß, dass die Wohnung und das Haus zwar heil geblieben sind, aber nun von den Besatzern genutzt werden? Der Gedanke muss unerträglich sein, fast erscheint es dann besser, dass alles in die Luft geflogen wäre. Und wie ist es, wenn es das Viertel, wo du aufgewachsen bist und mit deinen Freunden in den Hinterhöfen gespielt hast, nicht mehr gibt? Oder die ganze Stadt? Wie riecht eine tote Stadt? Wie riechen die Häuser, von denen nur ein Gerüst geblieben ist wie Skelette einer ausgestorbenen Spezies?

Als ich Fotos vom zerstörten Mariupol sah, stieg mir nicht der Geruch des Feuers oder der verwesenden menschlichen Körper, die unter den Trümmern lagen, in die Nase. Es war vielmehr ein leicht ätzender Geruch von Erz, vermischt mit Meeresluft. So hatte ich Mariupol erlebt, eine Stadt, die ich wohl nicht weniger als zwei Dutzend Male im Laufe der letzten dreißig Jahre besucht habe. Dieser Geruch war mir in die Nase gestiegen, als ich dort das letzte Mal im Sommer 2018 gewesen war. Der Krieg war damals schon da, die Frontlinie nur wenige Kilometer von der Stadt entfernt, aber die

Eisenbahnstrecke führte direkt am Meeresufer entlang und brachte ebenso Urlauber in die Stadt wie Kohle für das Stahlwerk Asowstal, dessen Anlagen im Dunst als stählerne, unheimliche Monster in den Himmel ragten. Die Brücke von Kertsch sollte bald in Betrieb genommen werden und das russische Festland mit der 2014 annektierten Krim verbinden. Man sprach davon, dass die mit Absicht niedrig gebaute Brücke die Stadt und ihren Hafen von den Weltmärkten abschneiden werde. Niemand konnte damals ahnen, was dreieinhalb Jahre später passieren sollte: wie Russland Mariupol wochenlang belagern und dort durch regelmäßige Luftangriffe Wohnviertel für Wohnviertel in Schutt und Asche legen würde. Wie Asowstal zur letzten Festung der Verteidiger von Mariupol werden würde. Wie das Stahlwerk zum Symbol des ukrainischen Widerstands gegen die brutale Armee eines skrupellosen Diktators wurde.

2018 wirkte die Stadt friedlich und gelassen, sie schien in ihrem eigenen Rhythmus zu leben, auch wenn uniformierte Soldaten ins Auge fielen. Selbst bei einer Lesung im städtischen Kulturhaus waren viele Männer und Frauen in grünen Tarnfarben unter den Zuhörern. Die Jugendlichen frönten an den warmen Abenden zu den lauten Klängen der Musik in zahlreichen Bars und Kneipen ihrer Lieblingsbeschäftigung: Tanzen. Man spürte, wie die Stadt sich nach einem normalen Leben sehnte.

Irgendwo in dieser mit starkem Eisenerzgeruch versetzten Idylle führten Dascha und Stas ihren Sushi-Laden. Wir sind uns damals nicht begegnet. Sonst hätte ich womöglich schon vorher über die beiden geschrieben, in ihrem anderen Leben. Das Foto, das mir Dascha jetzt zeigt, wirkt idyllisch: zwei Gläser Prosecco, zwei Schachteln aus schneeweißem Karton gefüllt mit Rolls, dahinter plätschert das Meer, die Sonne geht unter … Ein zweites

Foto zeigt die Ruinen ihres Sushi-Ladens vor einer Mariupoler Platte. Bluefin, der Blauflossen-Thunfisch sieht aus, als hätte ihn ein unbekanntes Monster aufgefressen, nur das Skelett ist übriggeblieben, einige verbogene Stangen aus Stahl. Ein Haufen Trümmer, eine Hausfassade ohne Fenster und Brandspuren sind zu erkennen, ebenso wie das Schild einer Werbeagentur an der Mauer. Sie fertigte unter anderem Visitenkarten, Flyer, Kalender und Flugblätter. Der Thunfisch in Mariupol war nun genauso tot wie die Stadt. Da waren Dascha und Stas mit ihren beiden Söhnen längst weit weg. Gott sei Dank.

Im 21. Jahrhundert sehen die Flüchtlingsströme zumindest innerhalb Europas anders aus als vor 70 Jahren. Man geht meist nicht mehrere Hundert Kilometer zu Fuß, die Habseligkeiten mitschleppend. Meist reist man vielmehr in überfüllten Zügen oder steckt in unendlichen Staus im eigenen Auto fest. Die Menschen sterben nicht mehr zu Tausenden an Unterernährung, Erschöpfung und Kälte. Das Internet macht die Suche nach Unterkunft und Helfern leichter. Man bildet Chatgruppen, um zu erfahren, wie es den Mitreisenden ergeht. So hat die Mutter einer guten Bekannten später die Nachricht bekommen, dass eine ältere, offenbar herzkranke Frau aus ihrem Zugabteil am Grenzübergang nach Polen gestorben ist. Schon während der Reise ging es ihr schlecht, aber sie klammerte sich ans Leben, weil sie unbedingt zu ihrer Tochter wollte, die seit Jahren in Italien lebte. Am Ende schaffte sie es nicht.

Ich kann mich sehr gut erinnern an das geschäftige Chaos der ersten Tage nach Kriegsbeginn am Bahnhofsvorplatz in Lemberg. Die Stadt war ein Drehkreuz, hier kamen alle Züge aus dem Osten an und mit ihnen die geflüchteten Frauen und Kinder. Manche fuhren weiter – nach Transkarpatien, nach Polen oder in ein anderes europäisches Land. Europa, das diesen brutalen Überfall nicht hatte verhindern können, vielmehr dazu beigetragen hatte durch jahrelanges Wegschauen und – schlimmer noch – durch den Handel mit dem immer mehr in aggressiven Wahn verfallenen Russland, mit dessen Einnahmen der Despot Panzer und Raketen bauen ließ, öffnete nun für Millionen ukrainischer Flüchtlinge die Tore.

Doch nicht alle wollten nach Europa. Andere – wie Dascha und Stas – blieben in der westukrainischen Stadt. Für sie wie für Hunderttausende anderer Flüchtlinge war schon dies eine Reise ins Unbekannte. Sie kannten hier niemanden. Und der kleine Maksym konnte kein Wort Ukrainisch, weil in Mariupol schon seit Jahrzehnten Russisch gesprochen wurde.

Wenn ich mir das Foto von Bohdan und Max angucke, wie die beiden kleinen Jungs im Gang des Lemberger Bahnhofs sitzen, mit ihren Rücken an die mit Fliesen gepflasterte Betonsäule gelehnt, kommen mir die Bilder vom Bahnhofsvorplatz wieder in Erinnerung. Ein kleiner Junge läuft fröhlich zwischen den von Helfern und dem Katastrophenschutz aufgestellten großen Zelten, wo man sich aufwärmen und warmes Essen bekommen kann, hin und her und hat offenbar Spaß daran – er ist in Spiellaune und trotzt der Kälte und Nässe der letzten Wintertage. Seine Mutter sitzt hingegen müde und verzweifelt auf der Bank, sie kann die Tränen kaum zurückhalten, gerade angekommen mit ein paar Koffern und großen Reisetaschen. Ihre Kleinstadt in der Nähe von Kyjiw ist von der russischen Armee zerbombt worden, sie weiß nicht mehr wohin.

Bohdan und Maksym laufen nicht hin und her. Der ältere, Bohdan, gerade neun Jahre alt geworden, kaut nachdenklich an seinem Finger. Seine Augen sind die eines Erwachsenen geworden, er hat schon so viel erlebt und kümmert sich immer um seinen jüngeren Bruder. Max, die Kapuze seines gelben Anoraks tief über die Stirn bis zu den Augenbrauen gezogen, sitzt ebenfalls traurig und erschöpft da. In diesem Moment erinnert er nicht an den quirligen, lebensfrohen Jungen, wie ihn sonst alle kennen. Vielleicht denken die beiden darüber nach, wie es weiter geht. Vielleicht erinnern sie sich an den Strand am Asowschen Meer in Mariupol, wo sie einst genüsslich an einem Eis schleckten.

Auch Dascha und Stas denken darüber nach, wie es weiter geht, vor allem, wo sie in Lemberg unterkommen sollen. Bereits im Zug fängt Dascha an, im Internet zu recherchieren. Es gibt Dutzende Hilfsangebote, die Solidarität und die Selbstorganisation sind überwältigend. Dabei zählen sie nicht zu der ersten Flüchtlingswelle des russischen Angriffskrieges, die ersten kamen schon ziemlich genau acht Jahre früher, Anfang März 2014. Direkt nach dem Auftauchen der »grünen Männchen« auf der Krim und der Annexion der Halbinsel verließen die ersten Züge mit krimtatarischen Frauen und Kindern Simferopol in Richtung Westukraine. Auch damals war die Solidarität überwältigend. Hotels stellten ihre Zimmer den Flüchtlingen zur Verfügung. Vielleicht war es das ähnlich traurige Schicksal, das beide Gruppen – die Krimtataren und die Ukrainer in Galizien – besonders eng verbindet: die Deportation des gesamten Volkes der Krimtataren nach Zentralasien auf Befehl von Stalin im Mai 1944 sowie die massenhaften Zwangsumsiedlungen und Arbeitslager des Gulags für die Ukrainer in Galizien nach dem Zweiten Weltkrieg. In der späten Sowjetzeit haben sich manche ukrainischen und tatarischen

Dissidenten im Gulag getroffen, als Gleichgesinnte im Widerstand gegen das Sowjetregime.

Wenige Wochen nach den Krimtataren kamen im Frühjahr 2014 Flüchtlinge aus dem Donbas in Lemberg an. Es war die Zeit, als für Dascha und ihre Familie nach der Flucht aus Donezk die lange Irrfahrt begann, die sie acht Jahre später schließlich nach Lemberg führte. Im Ausland blieb diese erste Flüchtlingswelle weitgehend unbemerkt, obwohl schon damals etwa anderthalb Millionen Menschen ihr Zuhause verlassen mussten – auf der Flucht vor dem Krieg oder der »russischen Welt«, die Gewalt und Menschenverachtung mit sich brachte. Die meisten blieben innerhalb der Ukraine.

Dascha fand den Namen Olja auf einer Helferliste und ihre Telefonnummer. Das war alles, keine weiteren Informationen. »Es war wie ein Impuls und ich wählte diese Nummer«. Es stellte sich heraus, dass es ein Glückstreffer war. Olja, eine zierliche junge Frau, die für die ukrainischen Malteser arbeitete, konnte Dascha und ihrer Familie sofort eine Unterkunft besorgen. Einen Unterschlupf, einen »prychystok«, wie es auf Ukrainisch heißt, ein altes Wort, das Dascha nicht kannte. Es klang romantisch, aber Romantik sieht anders aus als ein großer Saal mit zwölf breiten Betten, jedes davon ein Schlafplatz für jeweils eine Familie inklusive Essen, Waschdienst und anderen Extras wie kostenloser Internetzugang. Es war sauber und wurde freundlich und liebevoll geführt, aber es war eben nicht mehr als eine Unterkunft für Bedürftige. Dascha kümmerte sich sofort um den Unterricht für ihre Kinder. Bohdan sollte seinen Schulstoff nicht vergessen und Maksym schnell Ukrainisch lernen. Am Tag nach ihrer Ankunft schaute Stas in der Küche vorbei und bot Hilfe an. Olja war davon sehr angetan: »Es passiert selten, dass jemand kommt und sofort anpacken will. Die meisten freuen sich, dass sie sich nach den Strapazen der Flucht endlich ein wenig ausruhen können«. Bald ergab sich die Möglichkeit für einen Umzug, immer noch eine Notunterkunft, aber immerhin konnte Olja der Familie ein eigenes Zimmer besorgen. Eine Firma überließ ihre Räumlichkeiten für Flüchtlinge, nun lebten Dascha und Stas in einem Chefzimmer, sogar mit eigener Dusche und WC.

Inzwischen schmiedeten sie Pläne für einen neuen Sushi-Laden. Der Koch – Stas höchstpersönlich – war da, der Lachs sollte aus Norwegen kommen, als Thunfisch kam nur Bluefin in Frage. Auch der Raum war kein Problem. Viel schwieriger war es, den besten Fisch zu besorgen. Zwar funktionierte der Handel nach den Problemen in den ersten Kriegswochen erstaunlicherweise wieder fast normal, aber die Lieferwege waren viel länger geworden, die Logistik komplizierter und die Preise wesentlich höher. So schrieben Dascha und Stas mit ihrem Geschäft rote Zahlen. Ihrem Laden gaben sie denselben Namen wie ihrem Lieblingskind am Asowschen Meer: Bluefin. Auf der Kochschürze stand neben dem Logo handgeschrieben: von Mariupol nach Lwiw, mit einem fetten und großen I im Wort Mariupol, einem Buchstaben, den es im ukrainischen genauso wie im lateinischen Alphabet gibt, aber nicht im russischen. Dies war ein Symbol dafür, dass Mariupol eine ukrainische Stadt bleibt, trotz russischer Besatzung.

Inzwischen haben sich Dascha und Stas eine Zweizimmerwohnung gemietet, nicht direkt im Zentrum, aber dafür in einem Neubau. Beide Jungs sprechen mittlerweile nicht nur fließend Ukrainisch, sondern haben sich sogar den galizischen Dialekt angeeignet. Bohdan begeistert sich – wie viele Jungs in seinem Alter – für Fußball und macht erste Erfolge im Karate. Und er mag die Rolls seines Vaters, besonders die ohne Reis. Maksym wurde eingeschult und ist von seiner Klasse und dem Unterricht begeistert. Am meisten freut er sich über seine vielen Freunde, mit denen er spielen und reden kann.

Den Bluefin haben Dascha und Stas aber mittlerweile aufgegeben. »Es ist schon etwas traurig, aber wir mussten einfach Pause machen. Es war zu viel. Wir hatten seit unserer Flucht keinen einzigen Tag frei, keine Stunde, keine Minute. Unsere Kinder litten darunter.« Nun hat Stas eine Einstellung als Sushi-Koch in einem Lemberger Restaurant. Wie immer lächelt der bärtige junge Mann freundlich und etwas verschmitzt und träumt davon, irgendwann in der Zukunft wieder einen eigenen Sushi-Laden zu eröffnen. Zusammen mit Dascha.

Der Unerwünschte. Wie sich ein Flüchtling fühlt, dessen Land einen Eroberungskrieg vom Zaun gebrochen hat

Nikolai Kononov

Aus dem Englischen von Thomas Brückner

Denis steigt aus dem Bus, in dem er eine halbe Stunde gefahren ist und sich gefragt hat, ob er auf einem Sitz Platz genommen hat, der für jemand anderen reserviert war. Er hat sich noch nicht an die Tatsache gewöhnt, dass persönliche Ansprüche in Kiel eher durch einen Blick als mit der Stimme geäußert werden. Ein Pfad beginnt gegenüber vom Einfahrtstor der Autowerkstatt. Er führt durch einen Schlammpfuhl Gulliverischen Ausmaßes und alle gehen, um ihm auszuweichen, durch die Büsche zur ehemaligen Bundeswehrkaserne. Sein Blick bleibt an einer Holzbaracke hängen, die sich in vergitterte Zellen und Türmchen aufteilt. Das ist die Spielkiste, in der die Kinder aus dem Wohnheim ihre Zeit verbringen.

Das Wohnheim begrüßt Denis mit einem Plakat. Es trägt die Inschrift »Putin ist ein Arschloch«. Denis stimmt dem vorbehaltlos zu und es enttäuscht ihn, dass Gegner seiner Meinung offensichtlich versucht haben, das Plakat abzuziehen und zu zerreißen. Die Kleinanzeigen zur Hotline Ukraine – Rom daneben haben trotzdem überlebt. Am Nachbarhaus weht eine ukrainische Fahne. Dort wohnen viele ukrainische Familien. Denis zieht es vor, in ihrer Gegenwart zu schweigen.

Er geht am Gemeinschaftswaschraum mit dem Wasserhahn, der immer nur tröpfelt oder verzweifelt spuckt, und einem Wandgemälde vorbei, das ein bärtiges Gesicht zeigt. Der unbekannte Künstler hat den Yellow

King aus der Serie »True Detectives« dargestellt. In seinem Zimmer angekommen schließt Denis sofort die Tür und verriegelt sie. Das tut er, seit der Drogenliebhaber auf der anderen Seite der Wand einmal zu schreien angefangen hat, was einen unangenehmen Tumult nach sich zog, bis schließlich die Polizei anrückte, den Andersgläubigen aber nicht verhaftete. Am Morgen entdeckte Denis den Drogenabhängigen im Flur sitzend, mit Spritze, Löffel und Blutstauschlauch.

Neulich ist Denis mit einem Gefühl der Deterritorialisierung aufgewacht. Ein Sozialarbeiter klopfte an und rief seinem Namen, aber Denis konnte sich nicht erinnern, wo er sich befand. Ich bin 36, Dichter, Herausgeber einer Belletristikreihe, außerdem Kritiker, Erforscher der unzensierten Sowjetliteratur … das scheint so weit in Ordnung … nur: Wo bin ich hier? Zu guter Letzt fiel ihm seine Reise von Moskau über Armenien nach Deutschland ein. In seinem Pass hatte er ein humanitäres Visum. Daraufhin schloss er die Tür auf.

Nachdem der Sozialarbeiter ihm Ratschläge erteilt hatte, wie er sich mit WBS um eine Wohnung kümmern konnte, und wieder gegangen war, wurde Denis von einem Gefühl der Verletztheit heimgesucht. Er klappte seinen Laptop auf, las die ersten zwei Meldungen über Russland und ihm wurde klar, dass seine literarischen Gefährten wegen Anti-Kriegs- und pro-ukrainischer Aussagen verhaftet worden waren, und dass die historische und Menschenrechtsgesellschaft »Memorial« aus dem Wohnhaus vertrieben worden war, das Präsident Jelzin ihnen bewilligt hatte. Oder auch Gorbatschow, er konnte sich nicht mehr daran erinnern.

Seit Denis geflohen war, waren fünf Monate vergangen, doch erst jetzt spürte er, dass er für immer von der

Landkarte seiner Heimat verschwunden war. Oder zumindest für sehr lange Zeit.

Natürlich hatte Denis begriffen, dass eine Rücksiedlung noch nicht möglich war. Mit Hilfe seines Vaters hatte er bereits begonnen, Unterlagen dafür zu sammeln, dass seine Katze in sein neues Zuhause überführt werden konnte. Und er war schon bei kreischendem Alarm aufgewacht und »wie eine Ratte herumgewuselt«, hatte Minute um Minute aus dem Fenster geschaut, um zu sehen, ob die Feuerwehr kam, und sich erneut zu versichern, dass sich hinter der Scheibe nicht Russland befand. Heute aber, nachdem er die Nachrichten über die Unterdrückung in seiner Heimat gelesen hatte, empfand er eine besonders schreckliche Verzweiflung.

Sein winziges Zimmer sieht so asketisch aus, dass selbst der gelegentliche Besucher von einem Verfremdungsgefühl überwältigt wird. In einem Winkel steht ein Eisenspind, zwei Betten befinden sich an den einander gegenüberliegenden Wänden. Ein pfirsichfarbener Vorhang, der in einem früheren Leben eine Tagesdecke war, hängt kränklich an zwei Stiften über dem Fenster. Auf dem wackligen Tisch häufen sich Snackpapier und Kekse. Zierbehälter von Nudelsuppen stapeln sich inmitten von Plastikschachtelabfall.

Als ich in Kiel und im Wohnheim ankam, trugen mich der Geruch nach Kochen und Entbehrung, das Klappern des Rollwagens auf dem Fußboden des Hausflurs (der das Geschirr in die Küche brachte), das billige Plastik und die zerkratzten Türen nach Russland zurück, zurück in die geschlossene Abteilung des Krankenhauses für geisteskranke Rentner in Rschew. Dort arbeitete meine Familie einst als Freiwillige.

»In meiner Familie haben alle Angst. Ich selbst bin Psychastheniker, also ist meine Fantasie die Hölle«, erzählt Denis mir bei einem Treffen in einem Café in der Nähe des Ocelot-Buchladens in Berlin. »Ich hatte es im Griff, aber seit dem 24. Februar ist die Hölle wieder da.« Wir schwatzen noch eine halbe Stunde, nicht wissend, dass gerade russische Iskander-Raketen in Drushiwka einschlagen. Ein Mensch ist tot, ein weiterer verwundet. Im Dorf Chrymyaka nahe Chemlnitskij macht sich eine Trauerprozession auf den Weg, um den Sarg mit Oxana Musika abzuholen, die bei dem Angriff starb.

Ich bin Denis zufällig bei einer Lesung in Berlin begegnet. Obwohl er es gewöhnt ist, in Fernsehstudios und auf Festivalbühnen mit seinen Kollegen zu diskutieren, blieb er den ganzen Abend über schweigsam, nickte nur und sprach lediglich einige wenige Sätze. In jenen ersten Monaten wohnte er im Literaturhaus Wiepersdorf, anschließend für zwei Monate zur Untermiete in Lichtenberg. Denis verließ kaum das Haus, und als einmal auf dem Herd sein Toast verbrannte, hörte er zum ersten Mal die Sirene des Feueralarms. Er sprang vor Entsetzen auf und wartete qualvoll auf das Eintreffen der Polizei. Er fühlte sich schuldig.

Dieses Schuldgefühl ist ziemlich irrational. Als die russische Armee in der Ukraine einmarschierte, schrieb Denis auf seiner Facebook-Seite, dass das ein Verbrechen sei. Anschließend gab er seine Stelle an der Russischen Staatsuniversität der Geisteswissenschaften auf, an der er damals lehrte. Er unterschrieb einen Brief russischsprachiger Schriftsteller gegen den Krieg.

Als ältestes Kind einer Familie, die in den 1990er Jahren versucht hatte, die Armut und den Übergang vom Sozialismus zum Kapitalismus zu überleben, wuchs Denis mit dem Gefühl des Unbehagens seiner Umgebung gegenüber auf. Das betraf auch die Familien derer, die er kannte. Für viele aus dieser russischen Version der *Lost Generation* wurden Bücher zur Höhle, in der sie sich wie die Mollusken vor dem Hai verstecken konnten. Diese Jugendlichen wollte sich besonders an Orten wie Klin verstecken, einer Kleinstadt an der Autobahn zwischen Moskau und St. Peterburg. Als Denis vierzehn Jahre alt war, schickten seine Eltern ihn in ein Sommerlager ans Schwarze Meer. Zum ersten Mal befand er sich in einer Gruppe, die ihm nicht vertraut war, und zum ersten Mal war er mit Schlägertypen im selben Raum, die sich alle Formen der Gewalt angeeignet hatten, die Russland von der UdSSR geerbt hatte. Denis erlebte deren Brutalität und Gemeinheit und fand Erlösung darin, einen Protest zu organisieren – eine Zusammenkunft von ähnlich desillusionierten Jungen, die die Aufsicht dazu bringen sollte, sie nach Hause zu schicken. Die Gruppe konnte sich aber nicht durchringen, sich auf eine Person zu einigen, die mit den Erwachsenen verhandeln sollte, und so fing Denis an, Gedichte und Geschichten in ein Notizheft zu schreiben, um dieser Wirklichkeit zu entkommen.

Widerstrebend nahm Denis sein Abiturzeugnis in Empfang. Er war faul gewesen und hatte schlechte Noten. Trotzdem bestanden seine Eltern darauf, dass er sich an der Medizinischen Hochschule in Tver einschrieb. Er las während der gesamten 90 Kilometer Fahrt und zurück. Hatte er keine Zeit, ein Kapitel oder die ganze Geschichte zu Ende zu lesen, ließ er ohne Zögern die Vorlesung fahren. »Ich glaube, es war das Beste. Ich habe keine Universität besucht und bin zum Sprachwissenschaftsnerd geworden, der jetzt Gedichte mit dem Lineal vermisst und weiß, wie er sie regelgetreu zu interpretieren hat«, erklärte er mir mit einem kleinen Schmunzeln.

Zehn Jahre nach seinem Oberschulabschluss war Denis zu einer bekannten Gestalt im Literaturbetrieb geworden. Seine Gedichte wurden in der führenden Lyrikzeitschrift *Wosdu* (Die Luft) abgedruckt und die renommiertesten Magazine veröffentlichten seine kritischen Aufsätze. Unter seiner Supervision erschienen eine Reihe junger Prosaautoren, und Denis erwarb sich im Laufe der Zeit einen Ruf als Herausgeber der fantasievollsten russischen Dichtung.

Heute empfindet Denis eine Art Hass auf seinen Entwicklungsweg, weil er es ihm anscheinend erlaubt hat, sich dem Leben außerhalb der Buchwelt gegenüber teilnahmslos zu verhalten. »Während der Proteste gegen Putins Kandidatur zur Präsidentschaftswahl 2012 auf dem Bolotnaja-Platz in Moskau stand ich voll und ganz auf der Seite der Opposition, mochte aber nicht hingehen«, sagt Denis, während wir von der Station Pichelberg zum Friedhof Grunewald gehen. »Politische Unbedarftheit, ideologische Ahnungslosigkeit … sie haben mir einen grausamen Streich gespielt. Und das Leben mit dieser Patina der bourgeoisen Geborgenheit, der kleinbürgerlichen Behaglichkeit … In Russland herrscht die Einstellung vor, dass nichts von dir abhängig ist. Das ist wie eine Fahrkarte, die dir in Russland bei der Geburt ausgehändigt wird. Es ist ein vollkommen unsichtbares Spruchband, das an allen öffentlichen Orten hängt: ›Nichts hängt von dir ab.‹ Die sowjetische Erfahrung hat in diesem Prozess der persönlichen Vernebelung rückwirkend auch einen sehr grausamen Streich gespielt … Stell dir vor, dass die Nachbarn auf der anderen Seite der Wand ein Kind oder ein Haustier misshandeln. Die Frage ist, wie du reagierst: Trittst du die Tür ein und intervenierst, klopfst du und drohst, die Polizei zu rufen, oder rufst du sie vielleicht direkt? Wir entscheiden uns für das Gegenteil – still zu sein oder sogar den Fernseher lauter zu stellen.«

Als wir durch das Eingangstor des Friedhofs kommen, entdecke ich, dass die Holzkreuze verschwunden sind: riesige Kreuze über den Gräbern russischer Soldaten, die während des Ersten Weltkrieges gefangengenommen worden waren, und als sie später herausfanden, dass die Bolschewiki in ihrer Heimat an die Macht gekommen waren, von der Brücke in die Havel sprangen. Bis vor einigen Monaten standen die Kreuze noch, und ich wollte sie Denis zeigen. Doch alles, was von ihnen noch übriggeblieben war, waren die Fundamente. »Irgendwie hat man diese Menschen aus der Erinnerung gelöscht«, sagte ich zu Denis, »ob sie uns auch löschen werden?«

Denis erinnert sich an einen Zwischenfall, bei dem er in der Wohnheimküche einer ukrainischen Babuschka begegnete, die mit nur drei Säcken aus dem unter Beschuss liegenden Dnipro geflohen war. Sie ermahnte ihn, nicht Russisch zu sprechen, weil nicht alle ukrainischen Flüchtlinge so tolerant wie sie seien. Danach verließ Denis nie mehr das Zimmer.

Der feuchte Februarsand im Grunewald knirscht unter den Füßen. Russische X-22-Raketen gehen auf Pavlodar nieder und beschädigen hundert Wohnhäuser sowie eine Fabrik. Acht Menschen werden verletzt. Eine 79 Jahre alte Frau kommt ums Leben.

Etwas Wichtiges ereignete sich zwischen Denis' Rückzug aus der Staatsuniversität und seiner Ausreise. Zunächst wurde die Mobilmachung geeigneter Männer für den Krieg angekündigt. Denis wollte nicht in den Krieg ziehen und bewarb sich um ein humanitäres Visum für Deutschland. Der Hauptgrund für seine Flucht aber war ein anderes Gesetz – das Gesetz gegen LGBTQ-Propaganda. Damit wird jede öffentliche Äußerung, die auf irgendeine Weise mit LGBTQ in Zusammenhang steht, als Propaganda betrachtet, so neutral sie auch sein mag.

»Wenn man unter solchen Bedingungen existiert, deformiert das die Identität«, sagt Denis, während wir am Rand des Sumpfes nahe der ehemaligen Spionagestation auf dem Teufelsberg unterwegs sind. »Ich habe darunter bereits eine Menge leiden müssen, angefangen an der Oberschule. Als ich versuchte, mich dort zu verstecken, ging ich einige monströse und lächerliche Kompromisse ein, die zu erinnern ein Albtraum geworden ist.«

Denis und sein Freund hatten vier Jahre in Klin gelebt und ihre Beziehung geheim gehalten. Dann ging Denis nach Moskau. Ihr verschwiegenes Dasein endete, als Denis neben ihrer Wohnungstür ein Graffiti entdeckte: »Schwuchtel«. Am nächsten Tag kaufte er sich einen Baseballschläger und stellte sich darauf ein, ihn gegen die Urheber der Schmiererei einzusetzen. Sie schienen sich aber in Luft aufgelöst zu haben.

»Einerseits erlebt man das Trauma der Ablehnung aus dem Kreis der Familie. Meine Mutter akzeptierte meine Identität nicht«, erinnert Denis sich. »Vor kurzem aber hat sie gesagt: ›Ja, vielleicht bist du einfach so was.‹ Und andererseits war schon lange vor dem Krieg in Russland alles strukturell so organisiert, dass ein Homosexueller oder ein Transgender mit ziemlicher Sicherheit marginalisiert wurde.«

Denis erinnert daran, wie er einmal zu einem illegalen Treffpunkt für schwulen Sex in St. Peterburg ging. Es schockierte ihn, dass es eine Facette der LGBTQ-Wirklichkeit gab, in der 15 Jahre alte Jungen ihre Körper an Erwachsene verkauften. Er empfand nur Grauen. »Es ist ein Bild des Elends. Einerseits drückt der Staat ein Auge zu, andererseits können alle Schwulen zu Outsidern erklärt werden. Es kann zum Beispiel unter dem Vorwand, gegen Pädophilie vorzugehen, Jagd auf sie gemacht werden. Außerhalb eines solchen Umfelds zu leben, ist wichtig für mein emotionales Wohlbefinden. Oder bin ich einfach nur ein Feigling?«

Wir verabreden unser nächstes Treffen, und einige Stunden später wird ein russisches Kampfflugzeug im Anflug zum Bombenabwurf auf Kiew von einer Boden-Luft-Rakete abgeschossen. Beim Absturz setzt das Flugzeug ein schlafendes Wohnhaus in Brand. Feuerwehrleute retten zwanzig Menschen aus dem brennenden Gebäude und evakuieren 150 Bewohner in eine Notunterkunft. Acht werden von Krankenwagen in ein Krankenhaus gebracht.

Das Lager Rendsburg war nicht Denis' erste Asylstation. Die Beamten lenkten ihn nach Neumünster um. Dort fanden andere Beamte heraus, dass dieser Heimatlose in einem anderen Lager registriert werden musste, und so transportierten sie ihn wie ein verlorengegangenes Gepäckstück zurück nach Rendsburg. Denis stieg aus dem Auto und betrachtete die Gebäude des Technologieparks mit dem Fitnesscenter für seine Bewohner, die Kronen der hohen Bäume mit den Misteln und zahlreichen Krähennestern. Ihnen gegenüber befand sich ein Gebiet mit Metallhütten, die den Containern von Logistikunternehmen ähnelten. Er wurde auf die erste Etage einer solchen Behausung eingewiesen. Zum Duschen musste er in den Nachbarcontainer gehen.

Seine jugendlichen Nachbarn rauchten Gras. Die Dusche funktionierte nicht richtig. Die Beamten brachten erneut seinen Status durcheinander und hätten ihn beinahe als Flüchtling in das System eingegeben. Ein Bekannter, der Deutsch sprach und das zuständige Amt anrief, rettete Denis. Er erklärte, dass Mr. Larionows humanitäres Visum bedeutete, dass er eine Aufenthaltserlaubnis erhalten konnte. Diese Aussage hielt jedoch ein anderes Amt nicht davon ab, Mr. Larionow zu untersagen, eine einmonatige Residenz am Literarischen Colloquium Berlin anzunehmen, da er in dieser Zeit mehrere wichtige Amtstermine wahrzunehmen habe.

Der einzige Ort, den Denis außerhalb des Lagers in Rendsburg aufsuchte, war der örtliche McDonalds mit einer stabilen Internetverbindung. Dort begegnete Denis mehreren schwulen Paaren. Es waren Jugendliche, die dort Milchshakes schlürften und redeten. »Ich kann mir das in Klin nicht vorstellen«, erklärte mir Denis, »auch wenn Klin ungefähr so groß ist wie Rendsburg. Bei meiner Überlegung, ob ich gehen sollte oder nicht, war es zentral, dass es in Russland nahezu unmöglich ist, unter dem herrschenden Druck eine Familie zu gründen. Aber natürlich war der Krieg der Hauptgrund für die Flucht.«

»Ich vergleiche mich nicht mit den Ukrainern. Alle meine Probleme sind nichtig«, fügt Denis sofort hinzu. Bei jedem unserer Treffen klingt dieser Satz wie eine Beschwörung, zeichnet einen imaginären Schutzkreis um den Besitzer des Passes mit dem roten Einband.

In Bilopillia ertönt eine Sirene. Russland beschießt die Stadt mit Artilleriemunition. Zwei Menschen werden getötet und neun verwundet. Eine Schule, ein Privathaus, mehrgeschossige Gebäude und ein Hostel werden zerstört.

Nachdem sein Visum in einen Befristeten Aufenthaltstitel umgewandelt worden war, zog Denis nach Kiel. Das Wohnheim dort kam ihm trotz des Geruchs nach Traurigkeit und dem drogenabhängigen Nachbarn wie ein Zeichen für ein neues Leben vor. Aber das Fremdheitsgefühl ließ ihn nicht los.

Man sagte Denis, dass sich das Meer in der Nähe befinde. Mir gegenüber klagte er, dass er es nicht finden könne. Wir verließen das Wohnheim und zwischen den Kiefern wurde, nicht allzu weit entfernt, eine Wasserfläche sichtbar. Als wir auf die Kiefern zugingen, lasen wir auf einem Schild, dass in einhundert Metern Entfernung ein Strand sei.

Später bat ich Denis, mit nach Rendsburg zu kommen, und so bestiegen wir am Kieler Bahnhof einen Kurzzug. Als wir uns Rendsburg näherten, erklomm der Zug eine hübsche Bockbrücke über die Eider, von der aus eine gute Aussicht auf die Hansestädte geboten wurde. Danach steuerte der Lokführer nach rechts und glitt in einen kleinen Bahnhof hinein, hinter dem sich ein Reisezirkus und ein Freizeitpark befanden. Vom Zaun aus konnte man sehen, wie die weißen und rosafarbenen Wagen der Achterbahn auf und ab schwebten.

»Meine Güte, das war ein Anblick«, flüsterte ich Denis zu. »Weißt du, das habe ich jetzt zum ersten Mal gesehen«, erwiderte er, »vorher … konnte ich mich nur erinnern an den Hafen, den Kanal, die Fahrt, mehr nicht.«

An dem Tag, an dem ich Denis am ehemaligen Bundeswehrstandort besuche, bombardiert Russland erneut Slawiansk, diesmal mit C-300-Raketen. Ein Marschflugkörper trifft eine Schule. In den angrenzenden Wohnhäusern werden Fenster und Türen herausgerissen.

Am Freitagabend zeigen sich Rendsburgs Ladenfronten alle dunkel. Jugendliche vollführen auf ihren Fahrrädern Kunststücke vor den Schatten, die durch die verlassenen Straßen mit den verriegelten Türen der privaten Häuser zum vergitterten Flüchtlingslager hasten.

»Es ist ungerecht, sich auf eine Metaposition zu stellen und zu sagen: ›Leute, ich erschaffe gerade eine neue

Identität.‹«, sagt Denis, während wir auf den Bus warten. »Es schmerzt, dass ich hier bin, dass ein Krieg tobt und dass immer etwas los ist, immer irgendjemand umgebracht wird.« »Geht mir auch so«, gestehe ich. Und das ist die Wahrheit. Was mich in den Wahnsinn treibt, ist die Gleichzeitigkeit der Geschehnisse, die durch die Tatsache, dass wir die Kriegsverbrechen nahezu live auf YouTube und den sozialen Plattformen verfolgen können, noch intensiver erlebbar wird.

Ich erzähle Denis von den Vertriebenenlagern in Deutschland nach dem Zweiten Weltkrieg. Wie bei der Migrationswelle nach 1917 entschieden sich manche Sowjetbürger mit ihren Kindern für die Flucht mit der weichenden Wehrmacht, anstatt unter Stalins Herrschaft zurückzukehren. Weitere sechs Jahre lebten sie zusammengedrängt in Flüchtlingslagern an den Orten früherer Nazi-Arbeitslager, bis man sie schließlich über die ganze Welt verteilte. Es gab über hundert solcher Siedlungen, und es fand keinerlei nationale Diskussion darüber statt. Die Erinnerung an diese Menschen lebt nur in den Dörfern und Kleinstädten fort, in denen diese Lager sich befanden. Als ich zum Beispiel in der Forschungsabteilung des Emigrationsmuseums in Bremerhaven nachfrage: »›Forscht jemand in Deutschland darüber und weiß vielleicht etwas?‹, geben sie mir so etwas wie ›Irgendjemand schon, aber wir nicht‹ zur Antwort.«

Nachdem ich die Selbstzeugnisse dieser Vertriebenen studiert hatte, wurde mir klar, dass Vertreibung und Flucht stets ein Verschwinden des früheren Selbst bedeutet. Denis stimmt mir zu: »Katastrophen sind Situationen, in denen eine frühere Identität ausgelöscht wird und etwas Neues an ihre Stelle tritt. Es handelt sich also um eine Geschichte sozialen Tods, darum, den Tod im Leben anzunehmen.«

Ich teile mit Denis ein Gefühl, das mich begleitet, seit ich vor vier Jahren gezwungen wurde, mit meiner Familie Russland zu verlassen. Das Zeitalter der Moderne mit seinen alptraumartigen Zwangsvertreibungen hält immer noch an. Wir ringen weiter mit seinen Konsequenzen, sowohl mental als auch körperlich. Das Gefühl, dass man in einem Leben mehrere Tode stirbt – darauf muss man 2023 vorbereitet sein. In einem glücklichen, friedlichen Leben wappnen sich die Menschen mit ein paar Alltagsdingen und Errungenschaften gegen diese gewaltige Verletzlichkeit, in Wirklichkeit aber stehen wir nackt in diesem Wind.

Dieser soziale Tod kann auf unterschiedliche Weise erfahren werden, präzisiert Denis. Man kann darin nach dem Beginn eines neuen Lebens suchen oder buchstäblich den Tod finden. Man kann den Status als erzwungener Nomade lange Zeit bekämpfen. Für manche wird er zur Grundlage einer neuen Identität, stimme ich zu. Es ist der Kampf zwischen einer alten und einer neuen Identität, ein Versuch der wenigstens mental projizierten Rückkehr in dein Heimatland oder an den Ort, der für dich Heimat ist.

Ich liste Denis Beispiele berühmter Staatenloser auf – der Mathematiker Alexander Grothendieck oder Sergej Nabokov, Bruder des Schriftstellers Vladimir Nabokov, die ihren Status als Staatenlose wie viele andere nicht aufgeben wollten, weil es wichtig für sie war, keinem Staat anzugehören.

Später frage ich Denis in einer Nachricht, ob er sich überhaupt als Flüchtling fühle. »Technisch gesehen, bin ich das«, antwortet Denis nach einigen Tagen des Nachdenkens. »Ich war gezwungen, die Russische Föderation aus Gründen meiner körperlichen Sicherheit zu verlassen. Die Militärdiktatur bedeutete mir nichts und ich wollte nicht das Geringste für die Phantome der Macht des ›Staates‹ tun. Jetzt identifiziere ich mich mit dem Begriff ›Emigrant‹, ohne die Verzweiflung eines ›Flüchtlings‹ und die unverantwortliche Halbherzigkeit des Status eines ›Vertriebenen‹. Ich bin aus freiem Willen in das Nichts getreten, in eine Art neuen Daseins (die Scheide zwischen den beiden Daseinsweisen – in Moskau und Berlin/Kiel – wird von Tag zu Tag deutlicher sichtbar), in ein unsicheres Fremdsein, eine Heimatlosigkeit, deren Taubheitsgefühl Willen und Denken paralysieren kann. Das lässt sich zwar nicht mit der tatsächlichen Heimatlosigkeit und dem Verlust des ›Ich‹ vergleichen, die Vertriebene nach dem Krieg erlitten. Und doch empfinde ich eine symbolische ›Verwandtschaft‹ zu ihnen.«

An jenem Abend in Rendsburg stehen wir wartend auf dem Bahnsteig und sehen zu, wie die weißen und lila Achterbahnwagen auf und ab schaukeln. Sie sind jetzt völlig leer, keiner sitzt mehr darin. »Ich fühle mich, als rollte ich eine Achterbahn von oben nach unten und habe den Tiefpunkt noch nicht erreicht«, sagt Denis. Sein Zug kommt zuerst und wir winken einander zum Abschied zu. Ich fahre nach Berlin zurück. Von einem Flugzeug abgefeuerte Marschflugkörper schlagen in ein Krankenhausgebäude in Awdijiwka ein, töten zwei Frauen und zwei Männer in einem Luftschutzbunker.

Eine Woche nach Abschluss der Arbeit an diesem Text schlossen sich der Autor und die Hauptfigur der Reportage in Russland einem Untergrundprojekt gegen den Krieg an, das anonyme Lesungen organisiert und Onlinelabs zur Bezeugung von Verbrechen und Widerstand, für die Stimmen der ukrainischen Kollegen und Autoren eintritt, die in den globalen Medien in den Muttersprachen der Ethnien der Russischen Föderation veröffentlichen, und Schriftstellern hilft, die vom Putinregime verfolgt und zum Verlassen des Landes gezwungen werden.

Das Wort im Rucksack

Zmicier Vishniou

Aus dem Belarussischen von Nina Weller

Für mich selbst habe ich beschlossen, dass ich mich auf einer andauernden Reise befinde. Denn bis jetzt kann ich nicht begreifen, dass ich Belarus für lange Zeit verlassen habe. Ab und zu scheint es mir, als würden irgendwo bereits Rückfahrtickets nach Minsk liegen.

Womit hat alles begonnen?

In den letzten Jahren bin ich kaum verreist, da ich sehr in die Arbeit eingebunden war. Einen Verlag in Belarus zu leiten ist nicht die einfachste Aufgabe: hohe Steuern, unangemessene Mietkosten und Bürokratie, verfeinert mit Gesetzlosigkeit. Ich musste mich voll und ganz den Angelegenheiten des Verlags widmen und es gab kaum Gelegenheit, sich in künstlerischen Projekten zu verzetteln. Ich musste »dem eigenen Lied die Luft in der Kehle abdrücken«, wie man im Volksmund sagt. Doch in einem bestimmten Moment wurde mir klar, dass es so nicht mehr weitergehen kann. Die Zeit verging und alle meine Gedanken verblieben nur im Kopf. Ich hatte mich auf zwei Schriftstellerresidenzen in Schweden und Deutschland beworben und wurde tatsächlich eingeladen.

Inzwischen denke ich, dass mich der überwältigende Wunsch, ein neues Buch zu schreiben, der sich in der Ausreise materialisierte, letztlich vor einer möglichen Verhaftung gerettet hat. Ich habe sehr gehofft, die Arbeit an der Fortsetzung des Antiromans über Käpt'n Bart endlich wieder anzupacken, die ich nicht nur deshalb unterbrochen hatte, weil ich so viel zu tun hatte, sondern die auch aus psychischen Gründen stillstand. Nach 2020, als sich die belarussische Revolution nicht verwirklichte, wollte es mit dem Schreiben nicht mehr klappen.

*

»Über die Revolution, bitte ausführlicher«, sagte Käpt'n Bart, der auf einem Ledersessel saß, eine Zigarre paffte und sich über meine Geschichten freute. Gelegentlich lachte er. Sein Adamsapfel sprang in solchen Momenten lustig auf und ab, und es schien, als würde jemand den Kapitän mit Luft aufpumpen. Der Zigarrenrauch bildete Wolken und Schiffe um ihn herum. »Ja, ja – mach nur weiter«, nörgelte er. »Übrigens, wann wirst du da sein? Komm schnell, denn ich vermisse dich«.

*

Die Ausreise hatte ich lang erwartet, ich war sicher, nun in Fahrt zu kommen. Mich inspirierte die Freiheit der künstlerischen Selbstverwirklichung. Mein Residenzaufenthalt in Schweden sollte schon im Januar beginnen, aber dann ließen mich die litauischen Grenzbeamten nicht passieren: Sie wiesen mich an der Grenze wegen der Covidbeschränkungen ab. Nachts im Regen und bei schrecklichem Eis ging ich zu Fuß wieder nach Belarus zurück, im Niemandsland rutschte ich aus und brach mir fast den Arm. Ich fiel hin und lag einige Minuten auf dem Rücken. Der Regen rieb mein Gesicht mit seinen nassen Händen ab. Und mir kam es vor, als wäre ich auf einer Insel, auf der es keine Machtorgane gibt. In gewisser Weise war es ein Moment der Freiheit.

Letztendlich verschoben die netten schwedischen Gastgeber meine Residenz auf den Frühling und es fügte sich alles auf ideale Weise: Nach der ersten Literaturresidenz im April 2022 im Seenland *Åmål* in Schweden fuhr ich im Mai direkt zum nächsten Residenzaufenthalt auf Schloss Wiepersdorf in Deutschland. Unerwartet begann im Februar die Invasion Russlands in die Ukraine. Die Welt stolperte durch Covid und Krieg, es schien, als raste die Welt zur Hölle. Mir erschienen Spukgestalten von Dieben, die sich mit großen Messern anschlichen. Aus dem Schatten tauchten riesige Kriegsschiffe, Panzer, gepanzerte Truppentransporter auf. Sirenen heulten. Den Himmel bedeckten zahlreiche Flugzeuge. In meiner Vorstellung tauchten endlose Schüsse von Flugabwehrwaffen auf. Das war alles sehr erschreckend. Es kroch aus dem Unterbewusstsein hervor, nachdem ich die Nachrichten gesehen hatte.

Im Frühjahr traute ich mich nicht, über Litauen, dessen Grenzbeamte mir im Winter die Einreise verweigert hatten, zur Residenz nach Schweden zu fahren. Ich beschloss, es über Polen zu versuchen. Zu den polnischen Grenzbeamten hatte ich mehr Vertrauen.

Mein gesamtes Gepäck bestand aus einem kleinen Rucksack mit Computer, Brille, Einwegrasierer, Zahnpasta, Zahnbürste, dem Buch *Der Koloß von Maroussi. Eine Reise nach Griechenland* von Henry Miller, Unterhosen, Strümpfen, einer Jeans, einem Notizbuch, zwei Exemplaren meines eigenen Buches *Wenn man genau hinsieht, ist der Mars blau* und noch ein paar Kleinigkeiten.

Da ich in den letzten fünfzehn Jahren den unabhängigen Verlag Halijafy geleitet habe und es gewohnt war, fast ohne Freizeit durchzuarbeiten, war diese Ausreise für mich nicht einfach. Ich musste den Verlagsbetrieb aus der Ferne koordinieren. Die wenigen Mitarbeiter haderten mit meiner Ausreise, ließen mich aber trotzdem gehen. Durch Covid hatte sich die Situation im Laufe des letzten Jahres grundlegend verändert: Wir waren mittlerweile geübt darin, über das Internet auf Distanz zu arbeiten. Das war zwar anstrengend, aber machbar. Zu dieser Zeit hatte sich im Verlag ein gutes Team zusammengefunden: kreativ und in positivem Sinne dreist.

Seit 2020 ging in Belarus nicht nur Covid um, es kam zudem ununterbrochen zu politischen Repressionen. Und auch im Zusammenhang mit dem Krieg und den Raketen, die vom Territorium meines Landes in Richtung Ukraine flogen, war die Lage sehr unruhig. Insgesamt spukten die Geister der Ängste durch die Luft, in der Presse liefen endlose Diskussionen über den möglichen Beginn eines Atomkriegs.

Ich fuhr mit dem Bus bis Gdańsk, um von dort ein Flugzeug nach Schweden zu nehmen. An der belarussisch-polnischen Grenze wurde ein Mann aus Georgien aus dem Bus geholt, der zu seiner Familie in Deutschland fuhr. Es war ein sehr sympathischer, elegant ergrauter Mann, er sah intelligent aus. Er trug einen Anzug und hatte einen ruhigen, selbstbewussten Blick. Die Grenzbeamten hatten an seinem Visum etwas auszusetzen. Diese Situation zu beobachten, machte mich traurig. Ich stellte mir vor, wie bestürzt die Familie des Mannes, die auf seine Ankunft wartete, sein würde, wenn er nun nicht käme.

Wer hat sich Pässe, Visa, Grenzpfosten und Stacheldraht ausgedacht? Nur Vögel dürfen die Grenzen ohne Stempel auf den Flügeln überqueren.

Auch mit einer Gruppe von Flüchtlingen aus der Ukraine gab es Probleme, denn ihnen fehlten sämtliche Dokumente. Die anderen Passagiere des Busses reagierten verständnisvoll auf die Situation. Man hatte den Eindruck, dass sie gegenüber diesen Menschen unausgesprochene Schuldgefühle hatten, weil die Invasion der russischen Truppen von Belarus her erfolgt war. Daher traute sich keiner der Passagiere, gegenüber zwei Jungs aus der Flüchtlingsgruppe eine Bemerkung über ihr aggressives Verhalten zu machen. Sie verhielten sich gegenüber den polnischen Beamten ziemlich respektlos, sprangen über die Absperrungsbänder und antworteten bissig.

Übrigens waren die Jungs ganz offensichtlich in einem Alter, in dem sie mobilisiert werden könnten. Jeder wusste, dass die ukrainischen Behörden Männern im Alter von 18 bis 60 Jahren die Ausreise verbot, da sie ihr Land verteidigen sollten. Ich gab mir Mühe, nicht darüber nachzudenken, ob sie ausreisen dürfen oder nicht. Die Jungs schrien herum, dass sie nach Warschau fahren wollten, weil ihr Haus in Mariupol zerstört worden war. Wir wurden mehrere Stunden an der Grenze festgehalten, während den Flüchtlingen neue Dokumente ausgestellt wurden. Viele Passagiere im Bus mussten mit dem Zug oder Flugzeug weiterfahren und erreichten diese nun nicht rechtzeitig, aber niemand beschwerte oder beklagte sich. Denn diese Probleme sahen harmlos aus im Vergleich zu den Heimsuchungen der Menschen, die aus dem Krieg kamen.

Ich flog von Gdańsk nach Göteborg und fuhr dann weiter mit dem Bus zum Bahnhof und von dort mit dem Zug in das kleine Städtchen Vänersborg, wo mich eine Volontärin mit dem Auto abholte und nach Åmål brachte. Die Stadt atmete skandinavische Schönheit. Es wirkte, als sei ein Teil der Häuser aus Stein geschnitzt. Das war keiner Fantasie entsprungen, denn einige Häuser stemmten sich buchstäblich in die kleinen Felsen. Gleich daneben, mitten in der Stadt, plätscherte der wunderschöne

Vänersee, auf dem weiße Yachten schaukelten. Für das künstlerische Schaffen waren die Bedingungen hier hervorragend: Im Literaturhaus hatte ich ein eigenes Arbeitszimmer und durch die Fenster konnte ich den See sehen. Mich überkam hier regelmäßig der Wunsch, direkt aus dem Fenster zu angeln, denn das Wasser plätscherte nur wenige Meter vom Gebäude entfernt. Das wäre eine Kunstaktion …!

*

Es hat sich ergeben, dass ich neben Belarussisch auch gut Russisch und etwas Polnisch beherrsche. Jetzt versuche ich, Deutsch zu lernen. Mit Englisch läuft es eher schlecht. In Schweden habe ich über eine Übersetzungs-App kommuniziert, überraschenderweise hat das gut funktioniert. Gelegentlich kam eine falsche Übersetzung heraus, aber man konnte den Satz neu formulieren und dann klappte es immer mit der Verständigung. Mit einigen Schwedinnen und Schweden habe ich mich angefreundet.

Das Telefon war auch mein Freund, mit dem ich manchmal direkte Gespräche führte. »Also, bittebitte«, bat ich es, »entlade dich nicht. Bittebitte, krall dir das Wlan. Übersetz professionell, stell dich nicht an, Drecksding!«

In Schweden strömten plötzlich, wie man so sagt, Schwärme an Gedichten aus mir heraus (ich stelle mir Forellen, Zander und Hechte vor). Vor meiner Ankunft in Åmål war ich sicher gewesen, dass ich mich für immer von der Poesie verabschiedet habe. Wie sich herausstellte, hatte ich damit falsch gelegen. Ich musste dafür einfach aus Belarus weg und die Freiheit spüren. Die Texte hatten sich irgendwo tief versteckt und brachen jetzt an die Oberfläche durch. Das Eis des Bewusstseins knackte, es brach auf. Die Gedichte kullerten fast täglich hervor. Und ich konnte meinen poetischen Hunger überhaupt nicht stillen.

Mit einem Mal war die Mauer der Stummheit zerstört. Jetzt werde ich oft gefragt, ob ich Minsk, ob ich Belarus vermisse? Mein Minsk ist leider fast zerschlagen. Es bestand aus Menschen, die größtenteils weggegangen oder gestorben sind. Sehr viele Orte, die für mich eine Bedeutung haben – Cafés, Clubs, Galerien, Buchhandlungen – wurden zwangsgeschlossen. Man hat den Eindruck, dass sich die wenigen Freunde und Bekannten, die noch in Minsk geblieben sind, Tarnkappen verschafft haben. Manchmal denke ich, dass diese Menschen fast verschwunden, in eine parallele Fantasiewelt umgezogen sind. Denn sie haben Angst zu sprechen, zu schreiben und zu veröffentlichen – einige haben mich sogar auf die schwarze Liste gesetzt und den Kontakt zu mir abgebrochen, um sich nicht versehentlich mit meinen politischen Aussagen zu diskreditieren. Ich verstehe das und bin nicht beleidigt, weil ich die Nachrichten lese und sehe, was in Belarus geschieht: endlose Durchsuchungen, Verfolgung wegen Andersdenkens, Verhaftungen.

Psychisch rettet mich jetzt, dass ich in meiner Kindheit und Jugend viel umgezogen bin. Mein Vater wurde zu Sowjetzeiten Militäringenieur, der von Ort zu Ort, von Land zu Land getrieben wurde. Ich wurde in Debrecen in Ungarn geboren, lebte am Kap Schmidt (in der Nähe der Wrangelinsel), in Borne Sulinowo in Polen, in den belarussischen Städtchen Pastawy und Sluzk und zog als Jugendlicher dann nach Minsk. Hier studierte ich Journalismus, ging später ans Moskauer Gorki-Literaturinstitut und belegte Abendkurse für Literaturkritik. Ich war viel mit literarischen Auftritten und Performances unterwegs, nagte an rohen Eiern und kotze Tomatensaft auf den »Leichnam des Diktators«* in Helsinki, St. Petersburg, Poznań und anderen Städten. Daher sind Ortswechsel für mich eine ziemlich gewöhnliche Angelegenheit.

Nach der belarussischen Revolution 2020 und dem Ausbruch des russischen Kriegs gegen die Ukraine gingen die Beziehungen zwischen einigen belarussischen Schriftstellern kaputt. Die Kulturschaffenden haben unterschiedliche Positionen eingenommen. Das Wort hat uns verbunden, es hat uns leider auch gespalten. Es gab viele, die auf ihren Stellen in staatlichen Einrichtungen geblieben sind, weil sie keinen anderen Ausweg sahen. Sie haben das Regime nicht unterstützt, aber sind still auf ihrem Arbeitsplatz verharrt. Die einen haben diese Leute verstanden und nicht verurteilt, die anderen haben sich herausgenommen, sie zu kritisieren. Der Großteil dieser Kritiker saß und sitzt außerhalb von Belarus.

Von Schweden aus flog ich zu meiner nächsten Literaturresidenz in Deutschland zuerst nach Warschau, wo meine Frau und meine Tochter sich mir anschlossen. Dann fuhren wir gemeinsam mit dem Zug nach Berlin. Von hier mussten wir noch nach Wiepersdorf kommen. Auf dem Weg nach Berlin, in Frankfurt an der Oder, überprüften deutsche Polizisten meinen Reisepass und waren von meinem Visum alarmiert. Wir mussten den Zug verlassen und wurden zur Polizeistation begleitet. Ich hatte schon vor Augen, wie wir abgeschoben werden, und

* Gemeint ist die Performance »Die Leiche des Diktators«, die 2001 in unterschiedlichen Städten gezeigt wurde.

versuchte zu erklären, dass ich gerade mit einem Schengenvisum, das mir von der estnischen Botschaft in Minsk ausgestellt worden war, in einer literarischen Residenz in Schweden gewesen war. Wie sich später herausstellte, entstand das Missverständnis durch einen Freiwilligen, der als Dolmetscher half und Schweden mit der Schweiz verwechselt hatte. Doch der leitende deutsche Beamte, der das Visum lange durch eine Lupe studierte, fand darauf in kleinen Buchstaben geschrieben: für Schweden. Die Frage hatte sich geklärt und wir wurden zum nächsten Zug nach Berlin begleitet. Damals war ich über die zwei Stunden Verzögerung beunruhigt und ahnte nicht, dass ich für mehrere Jahre in Deutschland bleiben würde.

Ich hatte geplant, gleich nach meinen Auslandsresidenzen im Sommer mit meinem Vater nach Ashurajszi, in ein kleines belarussisches Dorf an der Grenze zu Litauen zu fahren. Ich hatte vor, mich mit dem Haus zu beschäftigen, das mein Vater und ich vor einigen Jahren an diesem abgelegenen Ort gekauft hatten.

Warum wir uns für Ashurajszi entschieden? Im Nachbardorf Kaptaruny habe ich oft einen Freund besucht, den wunderbaren Künstler und Schriftsteller Artur Klinau. Er hatte hier ein unglaubliches Gehöft aufgebaut: neben mehreren Wohnhäusern eine Banja, ein Küchenhaus … und sogar ein Theater! Er hat hier Festivals, Freiluftwerkstätten, Konferenzen, Touren und Tagungen organisiert und sogar Literaturresidenzen ins Leben gerufen. Ich habe in Kaptaruny an meinem eigenen Buch gearbeitet und war beeindruckt von der lokalen Landschaft. Im sumpfigen Wald gab es solche Unmengen an Steinpilzen, dass man das Sprichwort anwenden konnte: »Man kann sie mit der Sense mähen.« In Belarus ist Pilzsammeln eine traditionelle Freizeitbeschäftigung und für manche Menschen sogar überlebensnotwendig. Sie machen aus Pilzen Wintervorräte, indem sie sie trocknen, marinieren und einfrieren. Oder sie geben die Pilze bei speziellen Annahmestellen ab und erhalten dafür Geld.

Als Waldliebhaber schlug ich meinem Vater vor, an Orten in der Nähe von Kaptaruny nach einem Haus zu suchen. Wir setzten unsere Idee in die Tat um, kauften ein Haus und waren begeistert, denn es stand buchstäblich mitten im Wald und ähnelte eher einem einsamen Weiler als einem Dorfhaus. Es gab nur wenige Häuser und zudem in beträchtlicher Entfernung. Der eine Nachbar war ein ungeselliger älterer Mann, gewohnt, alleine zu leben. Der zweite lebte hier nur unregelmäßig und blieb manchmal einige Monate weg. Eines Tages schenkte er uns aber ein Eichenfass mit selbstgebranntem Bimber.

Was gibt es Schöneres, als sich abends mit einer Karaffe und einem Teller salziger Gurken vors Haus zu setzen und mit einem Freund über die moderne Literatur zu knuspern? Zum Glas passen das Quaken der Kröten und das Singen geheimnisvoller Vögel ganz wunderbar.

Wir haben es im Laufe des Jahres geschafft, noch viel am Haus zu reparieren. Wir haben die Kanalisation gelegt, die Dusche gefliest, einen Boiler eingebaut, alle acht Fenster im Erdgeschoss ausgetauscht. Als Nächstes wollten wir im ersten Stock neue Glasgiebel einsetzen, den Boden im Erdgeschoss reparieren, eine Treppe zwischen den Stockwerken bauen und Elektroheizungen im ganzen Haus installieren. Wir wollten hier ein kleines Eckchen Glück schaffen.

Vor drei Jahren ist meine Mutter an Krebs gestorben, und mein Vater fühlte sich nicht mehr wohl am vertrauten Ort in Wasilinki, einem Dorf in der Nähe von Sluzk. Ihr großes Haus ist leer geworden. Mir scheint, als habe sich hier ein Echo niedergelassen, seit Mama nicht mehr da ist. Fünfzig Jahre haben meine Eltern zusammengelebt und viel im Garten angebaut: Tomaten und Gurken, Kartoffeln, Zwiebeln, Kürbisse usw. Sie hielten Kaninchen, Wachteln, Hühner, Ziegen, Katzen und drei Hunde. Aber jetzt boten das Haus und die Wirtschaft meinem Vater keine Freude mehr – alles erinnerte ihn nur an meine Mutter.

Dann bin ich letztes Jahr doch nicht nach Belarus zurückgekehrt. Ich bin jetzt im Ausland und kann meinen Vater nicht besuchen, um ihn zu umarmen und um das Haus in Ashurajszi einzurichten. Wir telefonieren über verschiedene Messenger. Es ist mir wichtig, die Worte meines Vaters zu hören und mich zu vergewissern, dass es ihm gut geht.

*

– Klopf-Klopf.
– Wer da?
– Hier ist der Kurierdienst, bitte nehmen Sie das letzte Telegramm in der Geschichte Deutschlands an.
– Was für ein Telegramm? Es gibt doch Internet.
– Das ist das letzte Wort.
– Per Telegramm?
– Ja. Das Wort.
Das Telegramm verwandelte sich in Poesie. Telegramm. Das poetische Wort klopft an.

– Jedes geschriebene Wort wird aus Eisen gegossen werden, sagte mir der befreundete Dichter. Oder es wird in Marmor verkörpert.
– Was, wirklich jedes? wandte ich ein. Eisen und Marmor ist doch zu wenig. Es sei denn, es wird ein ununterbrochenes Schnurrmurr geben.

– Marmor, – präzisierte der Freund. Das Wort – es ist stark, beständig und muss daher in Metall oder Stein festgehalten werden.

*

Ich habe nicht das Gefühl, dass ich zu einem Exilanten geworden bin. Mir scheint, dass ich mich weiterhin auf einer langen Reise befinde. Schließlich bin ich ein Mensch, der durch Reisen erzogen wurde, der mit Wohnortwechseln gelassen umgeht. Für mich war die innere Emigration, in die ich in Belarus geraten war, prägender. Manchmal lächle ich ohne Gehässigkeit über meine Landsleute, die von Nostalgie erfasst werden. Sie provozieren sich selbst und führen endlose Gespräche mit ihrer Nostalgie. Meistens vermissen sie das Essen: Sie erwähnen Quarkkringel, Chips, Brot, Pelmeny, Kwas. Übrigens gibt es in Deutschland viele sogenannte »russische« Geschäfte, die einen solchen nostalgischen Hunger stillen können. Ich bin selbst auch sündig: Einmal bin ich für Beljaschy in einen solchen Berliner Laden gegangen. Auf dem Kassenbon des »russischen« Ladens waren Wörter zur Unterstützung der Ukraine.

Depressionen verhüllen auch mich von Zeit zu Zeit mit einer dunklen Decke. Dann werde ich hilflos wie ein Kind. Ich mache mir Sorgen, dass ich meinen alten Vater nicht mehr sehen, das Grab, in dem meine Mutter liegt, nicht besuchen kann. Nostalgie, Trunkenheit, Depression bewegen sich nah beieinander. Man könnte sie als Zwillingsbrüder bezeichnen. Sie verfolgen mich. Wir hegen vorsätzlich unsere Nostalgie, um wir selbst zu bleiben.

Die Angst – sie kommt langsam aus mir heraus. Man lebt in Minsk und weiß nicht, was im nächsten Moment passieren wird: Werden sie dich holen oder nicht? Du hörst jedes Knirschen, jedes Rumpeln, das auf der Straße und im Treppenhaus zu bemerken ist. Obwohl mehr als ein Jahr vergangen ist, seit ich Belarus verlassen habe, lausche ich in Deutschland immer noch auf die Geräusche im Treppenhaus.

Vor kurzem wurde mir klar, dass ich verlernt habe, Menschen anzulächeln. Das sind die Folgen des Lebens in einer totalitären Gesellschaft. Wenn man in Deutschland zum Busbahnhof kommt, kann man die Landsleute, die nach Belarus zurückkehren, an ihrem düsteren Aussehen erkennen. Sie haben versteinerte Gesichter und Blicke wie Menschen, die keine Zukunft haben.

Meine Tochter wurde an einer deutschen Schule eingeschult. Da sie die Sprache noch nicht konnte, besuchte sie im zweiten Jahr noch mal die erste Klasse. An der Schule fiel mir am ersten Tag ein riesiges Stadion mit akkurat geschnittenem, grünem Rasen ins Auge. Ich habe mich sofort in dieses ideale Stadion verliebt. Von so etwas konnte ich in meiner Kindheit nicht mal träumen. Ich bekam sogar selbst Lust, wieder zur Schule zu gehen. Im Sekretariat wurden meine Frau und ich von einer kräftigen Mitarbeiterin mit Dreadlocks und einem Tattoo begrüßt. Das hat mir sehr gut gefallen, denn eine solche Mitarbeiterin wäre an einer belarussischen Schule nur schwer vorstellbar und wird wahrscheinlich in absehbarer Zeit unvorstellbar bleiben. Die Mitarbeiterin der deutschen Schule war so nett, freundlich, sie lächelte und machte die nötigen Papiere in wenigen Minuten ohne viel Bürokratie fertig.

Im vergangenen Jahr wurde an belarussischen Schulen wieder Militärkunde als Schulfach eingeführt. Kindern wird beigebracht, mit einer Flagge zu marschieren,

Maschinengewehre auseinanderzunehmen und wieder zusammenzusetzen sowie Granaten zu werfen. An jedem Schuleingang sitzt ein Polizist in Uniform, den Eltern ist der Zutritt verboten. Das erinnert alles an eine Kaserne. Ich bin froh, dass meine Tochter nicht in Minsk die Schule besucht.

Die Entscheidung, in Deutschland zu bleiben, kam spontan. Denn die Situation hatte sich zugespitzt. In Minsk wurden fortwährend weitere unabhängige Verlage ausgeschaltet, einer nach dem anderen wurde geschlossen. Während meiner Residenzaufenthalte schränkte das Informationsministerium die Aktivitäten meines Verlags Halijafy ein und verbot außerdem den Verkauf aller bisher publizierten Bücher. Hoffentlich werden die Bücher im Laufe der Zeit nicht auch noch geschreddert oder verbrannt.

Die Repressionsmaschine in Belarus hatte sich gnadenlos weitergedreht, aus politischen Gründen wurden täglich Menschen hinter Gitter gebracht. Und da kam bei uns die Nachricht an, dass auch der Verleger meines Antiromans, Andrej Januschkewitsch, verhaftet wurde. Wir konnten damals nicht ahnen, dass man ihn schon nach einem Monat wieder freilassen würde. In jenen Tagen musste ich mich zudem mit Drohanrufen einer Beamtin des Informationsministeriums auseinandersetzen. Das alles zusammengenommen war erschreckend und eine Rückkehr nach Belarus sah sehr gefährlich aus.

Meine naiven Hoffnungen auf eine Wiederaufnahme der Verlagsarbeit stellten sich mit jedem Tag als illusorischer heraus. Die fünfzehn Jahre Verlagsarbeit wurde durch den Wink eines Dirigenten in Gestalt eines totalitären Staates beendet. Ich würde nie wagen, ein Projekt, das so viele Jahre überdauert hat, selbst abzubrechen.

Der Verlag hatte Hunderte von Romanen, Gedichtbände, Kinderbücher und andere Literatur in belarussischer Sprache veröffentlicht. Man muss sich klar machen, dass in Belarus alles Belarussischsprachige die Junta in Unruhe versetzt, sie sieht darin eine Gefahr für ihre Macht. Jetzt beruhige ich mich damit, dass ich unerwartet vom Diktator ein Geschenk in Form von freier Zeit erhalten habe. Ich bin vom Verleger wieder zum Dichter geworden, weil ich wieder die Möglichkeit bekommen habe, Bücher zu schreiben.

*

In Wiepersdorf hat mich das Wort gekapert. Ich fühlte mich wie ein Schiff, das sich über ein Rapsfeld bewegt: Das Wort kletterte an meinen Händen hinauf, über meinen Hals, meinen Kehlkopf, mein Kinn und kroch als Pille auf meine Zunge. Es atmete und verbrannte die Lippen. Ich flüsterte hauchend. Ich erzählte unbekannte Geschichten, die manchmal durch fremde deutsche Wörter unterbrochen wurden. Es fühlte sich an, als würde ich das Wort erforschen, aber es war vielmehr das Wort, das mich erforschte.

*

Ein Monat Residenz dehnte sich zu einem Jahr, das mir mit seinem Gummigesicht zulächelte. Mir schien, als würde ich mich mit meinen Lippen an diesem Gesicht festhalten und daran ziehen. Das Lächeln dehnte und dehnte sich und entblößte die Zähne-Tage.

Ich hatte mir immer gewünscht, dass die Poesie mich retten würde. Früher dachte ich so: Ich habe an die

Kraft des Wortes geglaubt. Heute reißen meine angespannten Nerven manchmal wie Gitarrensaiten. Ich kann den Heimsuchungen nicht standhalten, die auf meinen Kopf fallen. Und dann habe ich einen Nervenzusammenbruch. Natürlich kommt jeder auf seine Weise aus solch einem Zustand heraus. Es gibt da kein Grundprinzip zur Behandlung. Es kommt vor, dass ich plötzlich »ins Volk« gehe, wie man so sagt, und mich Fremden aufdränge. Ich versuche, ihnen meine Kränkung und meine Wahrheit zu vermitteln. Aber dies ist kein adäquater Ausweg. Außerdem ist es sogar sehr gefährlich. Denn wer weiß, wen man da erwischt und wie es enden kann. Nichtsdestotrotz gehe ich raus zu den Leuten und gebe die Kontrolle über die Situation komplett auf. Das ist meine defensive Reaktion auf den Stress.

Einmal war ich in einem Berliner Café, als ich plötzlich kapierte, dass ein Ukrainer neben mir saß. Da zog ich meinen belarussischen Pass hervor und reichte diesem Fremden ihn mit den Worten, dass ich den nicht mehr brauche. In diesem Moment kroch mein Protest gegen das, was in der Welt geschieht, an die Oberfläche. Ein Mensch hat kein Recht, einen Menschen zu töten! Man könnte diese verrückte Tat als Performance oder auch als radikales Gedicht bezeichnen. Es ist mir zuwider, dass mein Pass für ein Regime steht, das den Krieg unterstützt.

Der Fremde, dem ich mein Dokument gab, erwies sich als anständiger Mensch – ein Monat später wurde mir der Pass von deutschen Beamten zurückgegeben.

In meinem Kopf erklangen die Liedzeilen von Caetano Veloso: »Ich gehe gegen den Wind / ohne Halstuch, ohne Pass / in der Sommersonne des Dezember / gehe ich. /

Die Sonne verteilt sich auf Verbrechen / auf Raumschiffe, Partisanen / auf die schönen Cardinales. / Ich gehe.«*

★

Das Wort. Es ist vielfältig, als ob du Wein oder Bier verkostest. Es hat unzählige Schattierungen und Geschmacksrichtungen. Es klingt in Hunderten von Sprachen der Welt.

Morgen fahre ich wieder los, zu einer weiteren literarischen Reise in eine der europäischen Städte, um Gedichte auf Belarussisch zu lesen. Jemand wird sie in deutscher Übersetzung vortragen. Ich werde einen kleinen Rucksack bei mir haben, in dem etwas für mich Wichtiges und Gewichtiges liegt: Wörter auf Belarussisch und auf Deutsch. Mit ihnen hat alles begonnen.

* Die Zeilen des berühmten Lieds Alegria Alegria des brasilianischen Sängers Caetano Veloso lauten im Original: »Caminhando contra o vento / Sem lenço, sem documento / No Sol de quase dezembro / Eu vou. / O Sol se reparte em crimes / Espaçonaves, guerrilhas / Em cardinales bonitas / Eu vou«. Zmicier Vishniou zitiert im Belarussischen die Übersetzung von Zbych Slopoŭski.

Rückkehr und Katastrophe

Girma T. Fantaye

Aus dem Englischen von Gregor Runge

Das Problem des Exils dürfte Ihnen vertraut sein; ich für meinen Teil kenne vor allem das Problem der Rückkehr. Wie Sie sich vielleicht vorstellen können, gehört es zur Bestimmung eines jeden Exilanten, von seiner Rückkehr zu träumen. Das Unglück des Menschen, um den es hier gehen soll, bestand allerdings darin, dass das Exil trotz seiner Rückkehr nicht aufhörte. Es handelt sich um die Geschichte meiner Landsleute. Es handelt sich um meine Geschichte. Vielleicht handelt es sich um die Geschichte vieler Geflüchteter auf der Welt. Ich werde Ihnen erzählen, wie meine Rückkehr zu einer Katastrophe wurde.

Im Februar 2022 telefonierte ich mit der Frau meines ehemaligen Kollegen Tamerat Negera. Bis zu diesem Anruf war es ein Tag wie jeder andere gewesen. Tamerats Frau klang verzweifelt. Sie erzählte mir, dass ihr Mann – ein Journalist – in Handschellen von Sicherheitskräften in Zivil an einen unbekannten Ort gebracht worden sei. Viereinhalb Jahre zuvor, 2018, war Tamerat nach neun Jahren des Exils in den USA nach Äthiopien zurückgekehrt. Er gehörte zu den ersten Rückkehrern aus dem Exil, die am Bole International Airport in Addis Abeba herzlich empfangen wurden, nachdem sich eine politische Öffnung des Landes abgezeichnet hatte. Tamerat sollte später ein Medienunternehmen gründen, das bekannt wurde wegen seiner offenen Kritik vor allem am sogenannten ethnischen Föderalismus und an der Wohlstandspartei von Abiy Ahmed, der 2018 äthiopischer

Ministerpräsident geworden war. Mit seiner politischen Haltung hatte sich Tamerat innerhalb des »reformistischen« Staatsapparats jede Menge Feinde gemacht.

Die Nachricht von seiner Inhaftierung war ein schwerer Schlag für mich. »An einen unbekannten Ort gebracht« – mir war diese Formulierung zuwider. Äthiopier, die in den letzten fünfzig Jahren an diese sogenannten »unbekannten Orte« gebracht worden waren, kehrten nicht wieder nach Hause zurück – und falls doch, war ihr Leben nicht mehr dasselbe.

Zu der Zeit, als Tamerat ins Gefängnis kam, wurden viele weitere Menschen inhaftiert. Das äthiopische Parlament hatte den Ausnahmezustand verhängt, als der Krieg mit der oppositionellen TPLF, der Volksbefreiungsfront von Tigray, 2021 seinen Höhepunkt erreichte. Es waren vor allem Menschen aus Tigray, die darunter zu leiden hatten. Man verhaftete sie zuhauf und brachte sie in Gefängnisse und Lager außerhalb von Addis Abeba.

Nachdem ich von Tamerats Inhaftierung erfahren hatte, half ich bei der Suche nach ihm. Wir versuchten, ihn in verschiedenen Haftanstalten in Addis Abeba aufzuspüren, aber ohne Erfolg. Keine der Behörden war bereit, uns seinen Aufenthaltsort zu verraten oder die Verantwortung für seine Inhaftierung zu übernehmen. Selbst die Polizei und hochrangige Sicherheitsbeamte gaben vor, nichts von dem Fall zu wissen. Seine Frau, seine betagte Mutter und seine Freunde und Bekannten waren äußerst besorgt.

Tamerat war widerrechtlich aus seiner Wohnung abgeführt worden. Nachdem wir ihn eine Woche lang intensiv gesucht hatten, fanden wir ihn schließlich doch noch. Er war in Einzelhaft in Gelan, einer Kleinstadt in der

Nähe von Addis Abeba, wo sich ein inoffizielles Sonderlager der Polizei von Omoria befand. Viele Dissidenten, vor allem solche, die der Volksgruppe der Oromo* angehörten, wurden hier inhaftiert und gefoltert.

Nachdem sich Tamerats Familie mit diesem Lager in Verbindung gesetzt hatte, verlegte man ihn in das nächstgelegene offizielle Gefängnis. Dort wurde er mit fingierten Anschuldigungen konfrontiert. So warf man ihm vor, er habe die verfassungsmäßige Ordnung untergraben und mit staatsfeindlichen Akteuren kollaboriert. Beweise gab es dafür natürlich nicht. Wir wussten jedoch aus langjähriger Erfahrung, dass man mit derartigen Vorwürfen versuchte, Kritiker unschädlich zu machen. Nicht einmal nach der Aufhebung des Ausnahmezustands durch das äthiopische Parlament wollte man Tamerat freilassen. Die Behörden verlegten ihn in ein anderes Gefängnis, diesmal in eine Kleinstadt westlich von Addis Abeba. Irgendwann wurde er gegen Kaution freigelassen.

Wieso erzähle ich Ihnen überhaupt von meinem ehemaligen Kollegen? Vermutlich, weil Tamerat und mich seit vielen Jahren die gleiche Wut umtreibt – auf das autoritäre Regime und das Schicksal der Heimatlosen. Ich kannte ihn seit den chaotischen Wahlen von 2005. Wir waren uns als zwei Menschen begegnet, die beschlossen hatten, ihr Leben der Politik zu widmen. Was uns verband, waren die politischen Verhältnisse in unserem Land, die so katastrophale Auswirkungen auf unsere Leben haben sollten.

Zwei Jahre nach unserem Kennenlernen, 2007, gründeten sechs Freunde eine amharische Wochenzeitung, die in der äthiopischen Öffentlichkeit bald eine wichtige

* Oromo – größte Ethnie Äthiopiens mit circa 25 Millionen, Teile siedeln auch im Norden Kenias.

Rolle spielen würde. Tamerat und ich gehörten dazu. Wir waren jung und träumten von einer besseren Welt. Nachdem die Zeitung nach und nach an Lesern und Einfluss gewonnen hatte, ergriff die äthiopische Regierung die üblichen Maßnahmen. Man zwang uns, die Publikation einzustellen und aus unserem Land zu fliehen. Tamera ging in die USA, ich nach Uganda und auch die anderen Kollegen verließen das Land.

Ich traf Tamerat 2014 in Washington, D.C. Wir saßen im Busboys and Poets, dem Café eines irakischen Amerikaners, und tranken Tee mit Bourbon. Wir taten das, was Exilanten üblicherweise tun: Wir sprachen darüber, was wir zurückgelassen hatten, wir sprachen über unser Zuhause, über die politischen Verhältnisse in Äthiopien, über die Zukunft. Ich sprach auch über das Schreiben und Tamerat über Unsterblichkeit. Dann flog ich wieder nach Uganda zurück und Tamerat blieb in den USA. Eines Tages würden wir vielleicht nach Äthiopien zurückkehren. Wer konnte wissen, was die Zukunft für uns bereithielt? Es vergingen einige Jahre. Das nächste Mal begegneten wir uns 2019 in Addis Abeba. Damals gehörten wir zu Tausenden von Äthiopiern, die nach Jahren des Exils ins Land zurückkamen.

Nachdem man Tamerat aus dem Gefängnis entlassen hatte, traf ich ihn nur noch selten. Er mied die Öffentlichkeit. Eines Tages schickte mir ein Freund einen Link; Tamerat war erneut außer Landes geflohen. Die Neuigkeit berührte mich nicht allzu sehr. Seit meiner Rückkehr nach Äthiopien hatte ich einige Katastrophen erlebt. Die Hoffnung, die wir für unser Land gehabt hatten, war im Schwinden begriffen. Anders als versprochen bekamen wir keinen Frieden, stattdessen fanden Pogrome statt. Wir lebten in der Apokalypse. Ich stumpfte ab.

Die Zeit meines Exils verbrachte ich größtenteils in Uganda. Ich kann mich noch gut an den Tag meiner Ankunft erinnern und wie ich zum ersten Mal in meinem Leben den berühmten Viktoriasee sah. Uganda ist ein grünes, ein schönes Land. Kein Wunder, dass Winston Churchill gesagt hat, Uganda sei »die Perle von Afrika«. Während das Taxi Kampala durchquerte – von Kabalagala über die Jinja Road nach Ntinda –, versuchte ich mir einzuprägen, was ich sah. Immerhin war dies mein erster Tag als Flüchtling.

Ich war mir im Klaren darüber, dass ich erst nach Äthiopien zurückkehren würde, wenn das autoritäre Regime nicht mehr an der Macht war oder sich die politischen Verhältnisse verbessert hatten. Ich konnte meine Freunde nicht mehr treffen. Ich konnte nicht mehr nach Addis Abeba, in meine Geburtsstadt. Vorerst war Uganda mein Zuhause, und ich hatte keine Ahnung, für wie lange.

In den folgenden Wochen lernte ich, was es hieß, Flüchtling zu sein. Ich wurde bei lokalen und internationalen Behörden vorstellig, deren Aufgabe darin bestand, das Leben verzweifelter Flüchtlinge zu verwalten. Die Welt der Bürokratie ist eine dystopische Gegenwelt. Als ich in Kampala eine Polizeistation aufsuchte, um gemeinsam mit Freunden den Asylprozess in Gang zu setzen, fand ich mich inmitten einer Vielzahl von Geflüchteten wieder, die aus ost- und zentralafrikanischen Ländern kamen: Somalia, Burundi, Ruanda, Tschad, Sudan – sie alle suchten in Uganda Zuflucht. Die Vielfalt der Geschichten war beeindruckend. Wir waren alle geflüchtet, aber wir teilten nicht dasselbe Schicksal. Manche Menschen waren noch schutzloser als andere. Nicht einmal das Leid kommt ohne Hierarchie aus.

Um mich herum versammelten sich Frauen mit Kindern auf dem Arm, alte Menschen, junge Menschen.

Sie alle hatten sich mit ein und derselben Ungewissheit an diesem Ort versammelt. Wenn man seinen Optimismus nicht völlig verlieren will, sollte man sich die Geschichten dieser Menschen besser nicht anhören: menschliches Leid in Hülle und Fülle. Es war nicht zum Aushalten.

Und doch *muss* man diesen Menschen zuhören. Die Gründe für den Verlust ihrer Heimat sind weithin bekannt. Viele sind vor kriegerischen Konflikten geflohen, vor Menschenrechtsverletzungen, Vertreibungen, Zwangsrekrutierungen. Als sie verstanden hatten, dass sich ihre Lebensumstände nicht verbessern würden, ergriffen sie die Flucht.

Die Mehrheit der Frauen, vor allem jene, die aus den Ländern rund um die großen afrikanischen Seen kamen, war Massenvergewaltigungen zum Opfer gefallen. Sie erzählten ihre schrecklichen Geschichten. Einige waren dem Zorn autoritärer Regime und militanter Gruppen entkommen, waren gefoltert, inhaftiert und in Einzelhaft geworfen worden. Die jungen Männer, die sich geweigert hatten, für die Kriege eitler Machthaber zu sterben, hatten sich dazu entschieden, Wüsten zu durchqueren, um einer Zwangseinberufung oder Inhaftierung zu entgehen. Andere hatten ihre Lebensgrundlage verloren, nachdem ihr Land in die Hände von Investoren gefallen war. Im Flüchtlingslager Nakivali lernte ich Angehörige der Volksgruppe der Anyua aus Gambella in Westäthiopien kennen. Die Regierung hatte das Land ihrer Ahnen an ausländische Investoren verkauft. Als sich die Anyuas ihrer Zwangsumsiedlung widersetzten, wurden sie aus dem Land geworfen.

In den ersten Wochen, während mein Asylantrag bearbeitet wurde, hatte ich großes Mitgefühl für die anderen Geflüchteten. Aber nach und nach ließ meine Sorge für das Leid der anderen nach. Ich gewöhnte mich an die Welt, in der ich lebte. Diese Einsicht war beängstigend.

Gebildete Städter waren als Flüchtlinge klar im Vorteil. Ich war einer von ihnen. Weil wir Journalisten waren, hatten wir Unterstützer, die mir und meinen Kollegen dabei halfen, in Kampala Fuß zu fassen. Sobald wir uns einigermaßen zurechtfanden, wurden wir mit den Ungewissheiten konfrontiert, die das Leben im Exil mit sich brachte. Wir konnten nirgendwohin.

Und wir machten uns Sorgen um unsere Zukunft. Würden wir den Rest unseres Lebens in Uganda verbringen? Oder würden wir in andere Länder auswandern, wo die ökonomischen und rechtsstaatlichen Bedingungen besser waren als hier?

Fraglos träumen fast alle Flüchtlinge vom Westen. Und so verließen nach und nach meine Freunde Uganda, um in den Westen zu gehen. Ich beschloss, so lange zu bleiben, bis sich die politischen Verhältnisse in Äthiopien verbessert hatten. Mir widerstrebte die Vorstellung, für immer im Ausland zu bleiben. Außerdem hatte ich Angst vor der eigenen Bedeutungslosigkeit, sollte ich als Schriftsteller dauerhaft fern meiner Sprache und Kultur leben müssen. Schon zu Beginn meines Exils war ich mir der Gefahr bewusst gewesen, möglicherweise für immer entwurzelt zu bleiben. Je länger mein Exil andauerte, desto vergeblicher erschien mir der Versuch, die Erinnerungen an mein Heimatland wachzuhalten.

Ich verstand, dass man sich als Exilant in einer Art Schwebezustand befindet, zwischen dem neuen Zuhause im Exil und der alten Heimat. Während ich mich an meine neue Lebensrealität zu gewöhnen versuchte, überwältigten mich das Heimweh und die Erinnerungen an mein altes Zuhause. Aber Nostalgie konserviert die

Vergangenheit und verkennt die dynamische Gegenwart, die der Exilant nicht miterleben kann.

Ich liebe Uganda. Uganda war gut zu mir. Ich habe dort zahlreiche Freundschaften geschlossen, viel gelacht und glückliche Momente erlebt. Aber weil ich keine Zukunftsperspektive hatte, setzte mir das Leben dort immer mehr zu. Immerhin konnte ich mithilfe des sogenannten Conventional Travel Document regelmäßig reisen, was mein Leben in Kampala erträglicher machte. Es handelt sich dabei um einen Pass für Flüchtlinge und Staatenlose, der vom UNHCR und der ugandischen Regierung ausgestellt wird. Die meisten Flüchtlinge können von einem solchen Dokument nur träumen. Aber trotz des Passes hat mir die Exilexistenz zugesetzt. Es hat mir meine Lebenskräfte geraubt.

Ich hatte immer den Wunsch, eines Tages in mein Heimatland zurückzukehren. »Wann gehst du zurück?« – Diese Frage war Musik in meinen Ohren, auch wenn ich nie eine Antwort darauf geben konnte. Allein eins war gewiss: Ein Exilant kann nur überleben, wenn er sich Hoffnungen machen kann, eines Tages zurückkehren. Eine falsche Hoffnung? Vielleicht.

Ich wollte zurück in meine Heimatstadt Addis Abeba. Ich wollte dort schreiben, mich in ein Café setzen und Gedichte lesen und abends durch die Bars streifen. Ich träumte davon, in den Yeka-Hügeln wandern zu gehen, wie in meiner Kindheit am Sonntag den Gottesdienst der Yeka-St. Michael-Kirche zu besuchen, durch unser schönes Land zu reiten und den Großen Afrikanischen Grabenbruch zu fahren. Mir fehlte das Lachen meiner Freunde. Ich vermisste den Geruch der Gewürze, die man in meinem Land verwendet. Addis Abeba erschien mir wie ein Leuchtturm in der Ferne, wie dem Reisenden in Kavafis' Gedicht *Ithaka*: »Immer halte Ithaka im Sinn«.

Nur weil ich von meiner Rückkehr träumte, bin ich nicht vollends in die bodenlose Falle des Exils getappt.

Doch je mehr Zeit vergeht, desto ungreifbarer wird die Hoffnung auf Rückkehr. Was würden Sie tun, Herr Exilant, wenn es keine Möglichkeit zur Rückkehr gäbe? Würden Sie dann den palästinensischen Dichter Mahmud Darwisch rezitieren: »Wer bin ich ohne Exil?«

Viele Jahre lang fühlte es sich so an, als würde mich mit den Exilanten der Welt ein imaginäres Band verbinden, vor allem mit den Schriftstellern und Künstlern. In meiner Vorstellung sah ich sie ziellos durch mir unbekannte Städte streifen. Manchmal stellte ich mir auch vor, in einem Buch zu lesen, das es nicht gibt, dem *Manifest der Exilanten*, in dem es hieß: »Exilanten aller Länder, vereinigt euch!« Ich musste auch oft an das Gedicht denken mit dem Titel *Münevver hat mir einen Brief geschickt, darin heißt es*: »Nazim, erzähl mir von der Stadt, in den ich geboren bin. / Ich war noch so klein, als ich Sofia verließ…« Der türkische Dichter Nâzım Hikmet antwortete: »Ich kam an einem Frühlingstag nach Sofia, mein Herz, / Die Stadt deiner Geburt roch nach Lindenbäumen … / … Das Exil ist keine leichte Kunst.«

Mein Vorsatz für 2018 war es, Uganda für immer zu verlassen. Aber ich wusste nicht, wohin ich gehen sollte. Südafrika und Kenia fielen mir ein, vielleicht sollte ich dort versuchen, mir ein neues Leben aufzubauen. Aber die Fremdenfeindlichkeit der Südafrikaner gab mir zu denken. Als in Äthiopien der Wind des Wandels zu wehen begann, hatte ich noch immer keine endgültige Entscheidung getroffen.

Ab 2016 hatten in Äthiopien große Demonstrationen gegen die Regierung stattgefunden. Alles begann mit einer bescheidenen Kundgebung in der Kleinstadt Tukur

Inchini in der Nähe von Addis Abeba. Die äthiopische Regierung hatte damals Pläne, das Stadtgebiet von Addis Abeba in die umliegende Region Oromia auszuweiten. Die Eliten der Volksgruppe der Oromo und viele junge Menschen waren entschieden dagegen. Sie sahen darin einen Versuch, das Land der Oromo zu annektieren. Als die Regierung den Widerstand zu unterdrücken begann, schlossen sich immer mehr Menschen an. Die Äthiopier hatten den Autoritarismus satt. Als sich auch die jungen Leute in der Region Amhara mit den Protestierenden in Oromia solidarisierten, war das der letzte Schlag für die Regierung der Revolutionären Demokratischen Front der Äthiopischen Völker (EPRDF), eine Parteienkoalition unter der Führung der Volksbefreiungsfront von Tigray (TPLF). Der lang erwartete Wandel stand vor der Tür. Durch die Diktatur der EPRDF waren zahllose Äthiopier getötet, inhaftiert und ins Exil gezwungen worden.

Anfang 2018 schließlich ereigneten sich in Äthiopien zwei Dinge: Der Premierminister Hailemariam Dessalegn kündigte seinen Rücktritt an, nachdem die Regierung beschlossen hatte, den politischen Raum zu öffnen. Politische Gefangene und Dissidenten wurden freigelassen und uns, die Exilanten, rief man dazu auf, ins Land zurückzukehren.

Ein weiterer wichtiger Meilenstein war die Ernennung von Abiy Ahmed zum Premierminister. Viele von uns überraschte diese Personalie, denn er hatte jahrelang ein bescheidenes Leben außerhalb der Öffentlichkeit geführt. Seine erste Parlamentsrede machte uns Mut, denn Abiy sprach von Liebe und Hoffnung, von einem Miteinander. Größer hätte der Unterscheid zu der zynischen Politik des vorherigen Jahrzehnts kaum sein können.

Die Hoffnung, die viele Menschen auf Abiy setzten, war immens. Es herrschte eine regelrechte Abiy-Manie.

Selbst für kritische Akademiker wie den inzwischen verstorbenen Professor Mesfin Woldemariam waren Abiy und seine Mitstreiter Gottgesandte. Die Mehrheit der Äthiopier sehnte sich nach einem Messias, der das Land von der autoritären und korrupten Regierungskoalition befreien würde. Es war eine schöne Zeit, wir träumten von Demokratie, Rechtsstaatlichkeit, Wohlstand, einer friedlichen Gemeinschaft.
Kritik an Abiy Ahmed war allerdings nicht gern gesehen. Viele politische Kommentatoren wollten lieber vergessen, dass auch er der verhassten EPRDF angehört hatte. Als einstiger Minister für Wissenschaft und Technologie war er ein wichtiges Koalitionsmitglied gewesen. Zudem war er Oberst der Äthiopischen Streitkräfte und Gründer der Information Network Security Agency (INSA) gewesen, einer geheimdienstlichen Regierungsbehörde, die Dissidenten und Journalisten online überwachte. Trotzdem sahen viele Äthiopier in ihm eine neue politische Stimme. Sie vertrauten ihm, als er von Liebe und Hoffnung sprach. Niemand fragte, wie er seine politischen Versprechen einzulösen gedachte.

Nach seinen ersten Amtsantrittsbesuchen in den angrenzenden Ländern, kamen viele Flüchtlinge zurück ins Land. Er hatte die Äthiopier dazu aufgerufen, Gräben zu überwinden, Brücken zu bauen.

Nach neun Jahren des Exils flog auch ich Ende Dezember 2018 zurück nach Äthiopien. Als das Flugzeug in Addis Abeba landete, war ich wie versteinert. Von diesem Moment hatte ich lange geträumt. Ich versuchte, bewusst wahrzunehmen, was es bedeutete, nach Jahren der Abwesenheit heimzukehren.

Es war kalt in Addis Abeba. Ich atmete die kühle Luft ein und dachte daran, dass man mir und vielen anderen Exilanten diese Luft über viele Jahre hinweg verwehrt hatte. Der Flughafen war verwaist, niemand hieß mich willkommen. Aber ich hatte auch keine Erwartungen gehabt. Es war ein seltsamer Moment. Ich war glücklich, gleichzeitig fühlte ich mich leer.

Mir war nicht klar gewesen, dass ich meine Geburtsstadt so sehr vermisst hatte. Nach all den Jahren der Heimatlosigkeit und des Umherstreifens wollte ich verkünden: Da bin ich wieder, Addis Abeba!

Ich verhandelte mit einem Taxifahrer, der mich zu einem Freund bringen sollte. Ich wollte dort eine Weile bleiben, um erst einmal anzukommen. Auf der Fahrt in den Stadtteil Kotebe betrachtete ich die leeren dunklen Straßen. Hin und wieder sah ich Menschen, Partygänger auf dem Weg nach Hause, Kirchgänger auf dem Weg in die Kirche. Der Morgen dämmerte. Die Zeit des Exils war zu Ende.

Vieles hatte sich verändert in meiner Abwesenheit. Addis Abeba durchlebte gerade eine umfassende Gentrifizierung. Alte Viertel waren abgerissen und die Straßen verbreitert worden. Neue Gebäude schossen wie Pilze aus dem Boden. Sogar die Bäume am Straßenrand waren jetzt größer und schienen mir sagen zu wollen, dass ich in meiner eigenen Stadt ein Fremder war.

Obwohl der neue Premierminister erst seit neun Monaten im Amt war, zeigten sich einige Bürger besorgt über den Führungsstil von Abiy Ahmed. Sie konnten sich nicht vorstellen, wie ausgerechnet er das gespaltene Land in eine Demokratie überführen sollte. Im Juni 2018, einige Monate vor meiner Rückkehr, hatte Abiy Ahmed bei einer Kundgebung in Addis Abeba zu seinen Anhängern gesprochen, als eine Granate detonierte. In Folge der Detonation kamen zwei Menschen zu Tode, mehr als hundert wurden verletzt. Abiy bezeichnete seine politischen Gegner als »Ye Qen Jib« (»Hyänen, die das Tageslicht nicht scheuen«). In den darauffolgenden Monaten, während Abiy einstige Gegner der EPRDF ins Land zurückholte und den Menschen Hoffnung zu machen versuchte, wurde im Land weiter gemordet. Die Rechtlosigkeit nahm kein Ende. Alldem stellte sich Abiy Ahmed nicht entschieden entgegen: kein Wort des Mitgefühls, nicht einmal für die Opfer der Gewalt. Trotzdem glaubten viele Menschen an seine politische Führungsstärke und an die Hoffnung, die er predigte. Für das, was sich im Land abspielte, wurden allein die Volksbefreiungsfront von Tigray (TPLF) und ihre Unterstützer verantwortlich gemacht. Man bezichtigte sie eines Komplotts. Als die EPRDF zerfiel und die TPLF gezwungen war, sich in die nördlichen Provinzen zurückzuziehen, wurden die Kriegstrommeln gerührt.

Die Hoffnung auf bessere Verhältnisse war also nur von kurzer Dauer. Äthiopien wurde schon bald von einem Bürgerkrieg verschlungen. Es gab Pogrome, ethnische Unruhen und immer mehr Korruption – um nur einige der Probleme zu nennen. Anstatt einen politischen Wandel voranzutreiben und die Voraussetzungen für eine demokratische Kultur zu schaffen, mobilisierte Abiy jene politischen Kräfte, die blind waren vor Hass und nach Rache dürsteten. Liebe, Hoffnung, Empathie, Miteinander – all das hatte schon wieder seine Bedeutung verloren. Abiy hatte seine Anhänger betrogen.

Nach und nach verlosch die Hoffnung, die wir in die politischen Veränderungen gesetzt hatten. Chaos regierte.

Was ist das grundlegende Problem in Äthiopien? Die Antwort lautet: die politischen Eliten. Alle fünfzehn bis zwanzig Jahre bricht in unserem Land Krieg aus. Es ist nie gelungen, den Kreislauf der Gewalt zu durchbrechen. Immer waren die Politiker dafür verantwortlich. So gut wie jeder Uneinigkeit begegnet man mit kriegerischen Auseinandersetzungen. Die Eliten haben es nie geschafft, eine Kultur des Dialogs und des Kompromisses zu etablieren. Kriege zerstören die Hoffnung von Millionen junger Menschen. Immer wieder begegne ich Äthiopiern, die fliehen wollen. Manche halten mich für verrückt, weil ich zurückgekehrt bin.

Mittlerweile wollen nicht nur die ökonomisch Benachteiligten weg, sondern auch die Mittelklasse, die Erfolgreichen. Die Menschen, ohne die man das Problem nicht in den Griff bekommen kann, wollen also das Land verlassen und in die USA, nach Kanada, Dubai oder Europa. Sie wollen dorthin, wo es sicher ist. Mein Land tut mir leid. Und ich verstehe jeden, der dem Wahnsinn hier entfliehen will. Ich habe Äthiopier kennengelernt, die aus Saudi-Arabien abgeschoben wurden und die sich wegen der hiesigen Zustände trotzdem in ein weiteres Land auf die gefährliche Reise machen wollten, zurück in ein Land, das sie nicht willkommen heißt. Die Menschen haben keine Angst davor, in der Wüste oder auf See zu sterben. Die Angst vor der Hoffnungslosigkeit ist größer als die Angst vor dem Tod.

Als ich 2018 nach Äthiopien zurückkehrte, hoffte ich unter anderem darauf, dass wir dem Kreislauf der Gewalt ein Ende setzen könnten und danach auch imstande wären, die anderen Probleme zu lösen. Aber diese Hoffnung musste ich vorerst begraben.

Inzwischen bin ich seit fünf Jahren zurück und noch immer nicht angekommen. Als ich Äthiopien verließ, haben viele Leute aus der Zeitung davon erfahren. Bei meiner Rückkehr gehörten diese Zeitungen und unser politischer Aktivismus der Vergangenheit an. Ich besuchte meine alten Freunde, aber alles hatte sich verändert. Sie hatten Familien gegründet, besaßen Autos, arbeiteten in guten Jobs. Die Werte und Interessen, die wir einst geteilt hatten, spielten für sie keine große Rolle mehr. Die meisten von ihnen habe ich nie wiedergesehen. *C'est la vie.*

Ich habe nicht mehr das Gefühl, in meinem Land zu leben. Das Exil hat mich verändert, und auch Äthiopien hat sich verändert. Eine neue Generation hat übernommen. Vor dem Exil war nur Addis Abeba meine Stadt. Jetzt vermisse ich viele Städte auf der Welt: Kampala, Berlin, Ljubljana, Prag, Triest … Zuhause fühle ich mich nur in bestimmten Bars oder Cafés. Vielleicht ist das so, wenn man nach sehr langer Zeit wiederkommt.

Wenn in deinem Herzen Platz ist, hast du auch in deinem Haus Platz

Goretti Kyomuhendo

Aus dem Englischen von Thomas Brückner

Hoima ist eine Kleinstadt im Westen Ugandas an der Grenze zur Demokratischen Republik Kongo am anderen Ufer des Albertsees. Dort wuchsen wir in den 1970er Jahren auf. In unserem winzigen Dorf lebten, mitten unter uns, Lendu* aus dem Nordostteil der DR Kongo. Sie waren vor bewaffneten Auseinandersetzungen in ihrem Land geflohen. Die Lendu wurden im Laufe der Zeit Teil unserer Gemeinschaft; sie lernten unsere Sprache, sie heirateten ein, unternahmen geschäftliche Aktivitäten, hatten Erfolg und blieben. In den 1980er Jahren, als ich auf die nahegelegene Oberschule wechselte, besuchten auch einige Flüchtlinge aus Rwanda diese Schule. Die meisten kamen aus Kyangwali, einer Flüchtlingssiedlung, die in den 1960er Jahren bei Hoima errichtet worden war, um Ankommende aus Rwanda unterzubringen.

Bis heute ist Uganda mit über 1,5 Millionen Flüchtlingen das drittgrößte Aufnahmeland der Welt. Es hat die zahlenstärkste Flüchtlingsbevölkerung in ganz Afrika. Sie kommen vor allem aus dem Süd-Sudan, der Demokratischen Republik Kongo, Somalia, Burundi, Eritrea und Rwanda.

* Lendu – sesshafte, Ackerbau treibende Ethnie aus dem Nordosten der DR Kongo (westlich und nordwestlich des Albertsees), Balendu gehört zu den Zentralsudan-Sprachen mit circa 800.000 Sprechern.

Ugandas Geschichte als Aufnahmeland für Flüchtlinge reicht bis in die 1940er Jahre zurück. Während des Zweiten Weltkriegs kamen ungefähr 7.000 polnische Flüchtlinge, in der Mehrzahl Frauen und Kinder, auf der Flucht vor Verfolgung nach Uganda. Die Polen wurden in zwei Flüchtlingslagern untergebracht: in Koja, Mukono, in Zentraluganda, und in Nyabyeya, Masindi, im Nordwesten. Die Lager wurden von der britischen Kolonialadministration errichtet und verwaltet. Die in Nyabyeya angesiedelte Gruppe hinterließ ein unauslöschliches Zeichen ihrer Anwesenheit, das es heute noch gibt: Die Flüchtlingsfrauen aus Polen bauten eine Kirche – Our Lady Queen of Poland Catholic Church. Sie wird immer noch von der ansässigen Bevölkerung besucht. Nahe der Kirche befindet sich ein Friedhof, auf dem die Flüchtlinge beerdigt sind, die während ihres Lageraufenthalts starben. Einige Gebäude, die früher Flüchtlinge beherbergten, werden jetzt vom Nyabyeya Forestry College genutzt. 1948 hatte man die Mehrzahl der Flüchtlinge bereits nach Kanada, Großbritannien und Australien umgesiedelt. Ein paar wenige aber blieben in Uganda, bis 1952 die Flüchtlingssiedlungen geschlossen wurden.

1959 wurde die Flüchtlingssiedlung Nakivale* im Südwesten Ugandas gegründet. Sie ist ein weiteres Beispiel für die lange Tradition der Aufnahme von Flüchtlingen durch Uganda und die älteste durchgängig bestehende Flüchtlingssiedlung in Afrika. Gegenwärtig beherbergt sie über 180.000 Menschen aus acht Ländern: Rwanda,

* Nakivale – Flüchtlingssiedlung im Süden Ugandas, nahe der Grenze zu Tansania, die achtgrößte Flüchtlingsansiedlung der Welt, besteht aus drei Zonen auf einer Fläche von 180 Quadratkilometern mit circa 80 Dörfern und rund 800.000 Einwohnern.

Somalia, Burundi, DR Kongo, Eritrea, Äthiopien, Sudan und Süd-Sudan. Einige nennen die Siedlung seit fast drei Jahrzehnten ihr Zuhause.

Was aber ist an Uganda anders, dass es Flüchtlinge so wohlwollend aufnimmt? Liegt es an der Politik der offenen Tür und weiteren liberalen Strukturen, denen sich Uganda, im Gegensatz zu anderen Ländern, verpflichtet fühlt? Uganda verfolgt zum Beispiel keine Lagerpolitik, bei der die Flüchtlinge in ihrer Bewegungsfreiheit auf das umliegende Gebiet beschränkt bleiben. Orte, an denen Flüchtlinge untergebracht sind, werden dementsprechend als Siedlungen und nicht als Lager bezeichnet. Die gesetzlichen Regelungen erlauben es den Flüchtlingen, sich frei im Land zu bewegen und selbstbestimmt zu leben. Flüchtlinge dürfen in der Gemeinschaft vor Ort Gewerbe treiben. So ist zum Beispiel die Flüchtlingsbevölkerung in Nakivale aktiv an Gewerbe und landwirtschaftlicher Produktion beteiligt. Ihre Waren verkauft sie an größere Märkte in der Gegend und in die Hauptstadt Kampala. Sie haben das Recht zu arbeiten und damit dieselben Rechte wie Bürger des Staates. Dadurch tragen sie über Handel und Steuern zur Volkswirtschaft bei. Registrierte Flüchtlinge in den Siedlungen haben außerdem Zugang zu öffentlichen Dienstleistungen wie Schulen und Krankenhäusern.

Länder in der Nachbarschaft wie der Süd-Sudan, die DR Kongo, Somalia und weitere sind seit Jahrzehnten in Bürgerkriege verwickelt. Uganda ist stabiler und deshalb eine naheliegende Wahl für Flüchtlinge. Wir können außerdem auf die traditionelle afrikanische Gastfreundschaft und insbesondere auf die freundliche Natur der Ugander verweisen, die es Flüchtlingen gestattet, mit der Bevölkerung vor Ort zu koexistieren und sich angenommen zu fühlen. Einige Flüchtlinge schaffen es, sesshaft zu werden, sich zu integrieren und ein selbstbestimmtes Leben zu führen.

Andererseits ist Uganda, wie die meisten Länder des sub-saharischen Afrika, ein Land mit niedrigen Einkommen und geringen Ressourcen für öffentliche Dienstleistungen. Damit stellt sich die Frage: Wie kann es sich ein solches Land leisten, so viele Flüchtlinge aufzunehmen? Uganda hat keinen Zugang zum Meer und ist mit seiner Größe von ungefähr 240.000 Quadratkilometern viel kleiner als Nachbarn wie Tansania, das dreimal so groß wie Uganda ist. Uganda wird, ungeachtet der Tatsache, dass es ein kleines Land mit unzureichenden Ressourcen ist, als das Land auf der Welt beschrieben, in dem man am besten Flüchtling sein kann.

Ich habe für diesen Aufsatz mit drei Frauen gesprochen, Flüchtlingen, die in Uganda leben, um ihre Sicht auf das Durchlebte zu erfahren: Bella Nshimitimana aus Burundi und Victoria Jua Paul aus dem Süd-Sudan, die in Kampala leben, sowie Dorcas Amol, ebenfalls aus dem Süd-Sudan, die in der Nyumanzi-Flüchtlingssiedlung im Adjumani District in der Provinz West Nile lebt.

»Uganda ist gut zu uns gewesen«, erklärt Bella. »Wir können uns frei bewegen. Wir dürfen ein eigenes Gewerbe betreiben. Wir sind jetzt seit zwölf Jahren hier und wir überleben. Dank der Hilfe humanitärer Organisationen können unsere Kinder zur Schule gehen. Als wir hier ankamen, konnten die älteren, die in Burundi zur Welt gekommen waren, nur Französisch. Inzwischen haben sie sich vollständig in die hiesige Gemeinschaft integriert. Jetzt sprechen sie Englisch und Luganda*.«

* Ganda, Luganda – Bantusprache, in Uganda Muttersprache der Baganda und lingua franca im Ballungsraum Kampala/Entebbe mit circa 10 Millionen Sprechern.

Bella kam 2011 nach Uganda. Weil ihr Mann als Oppositioneller in die burundische Politik involviert war, wurde die Familie verfolgt. Nach Morddrohungen musste sich ihr Mann verstecken und Bella floh bald darauf nach Uganda. Da war sie mit ihrem ersten Kind schwanger. Ihr Mann hatte bereits fünf Kinder aus einer früheren Beziehung.

»Ich kam in die Flüchtlingssiedlung Nakivale. Dort wurde ich registriert«, erzählt Bella. »Das Leben war hart. Dass ich eines Tages die Leute im Lager entdeckte, die gedroht hatten, meinen Mann zu ermorden, machte es noch schlimmer. Ich bekam Panik. Ich dachte, sie könnten mich bemerken und mir Leid zufügen. Ich musste ein weiteres Mal fliehen.«

Bella hatte sich mit einer Frau aus Somalia angefreundet. Die Somali hatte eine Schwester in der Hauptstadt Kampala und half Bella, dorthin umzusiedeln. »Zu diesem Zeitpunkt hatte ich den Kontakt zu meinem Mann und unseren fünf Kindern völlig verloren. Ich wusste nicht, wo sie sich aufhielten, und hatte vollauf damit zu tun, selbst klarzukommen. Ich vermisste mein Zuhause, meine Familie und meine Freundinnen. Auf mich allein gestellt brachte ich im Krankenhaus meine Tochter zur Welt. Damals konnte ich nur Französisch und Kirundi*. Das war eine traumatische Erfahrung, weil ich mich mit den Krankenschwestern nicht verständigen konnte.«

Victoria erzählt, bei Kriegsbeginn im Süd-Sudan 2013 als Kindergärtnerin gearbeitet zu haben. »Mein Mann

* Kirundi – Bantusprache, in Burundi Amtssprache neben dem Französischen, wird von nahezu der gesamten Bevölkerung Burundis als Muttersprache gesprochen (circa 11 Millionen).

arbeitete für das Regime in Khartum«, fügt sie hinzu. »Ich floh mit unseren sechs Kindern und landete zunächst in einem Flüchtlingslager in Nimule, nördlich der Grenze zu Uganda. Das Leben in diesem Lager war nicht zu ertragen. Meine Kinder wurden laufend krank, und es gab keine Medikamente. Ungefähr drei Wochen später gingen wir fort und kamen schließlich nach Kampala. Hier ist das Leben aber auch nicht einfach gewesen. Die Anstellung meines Mannes in Khartum war ausgelaufen. Er besaß ein kleines Gewerbe in Torit im Süd-Sudan und schickte mir das wenige Geld, das er damit verdiente, aber gereicht hat es nie.«

Dorcas erzählte mir als Erstes, wie die Flüchtlingssiedlung Nyumanzi seit Januar 2014 zu ihrem Zuhause geworden ist. »Ich kam zusammen mit meinen Eltern hier an. Es war für uns das zweite Mal, dass wir fliehen mussten. Ich kam im Süd-Sudan zur Welt. 1997, als ich sechs wurde, brach der Krieg aus, und wir flohen nach Kenia. Dort lebten wir, bis der Süd-Sudan 2011 unabhängig wurde. Meine Eltern beschlossen, nach Hause zurückzukehren, und so verließen wir Kenia. Doch 2013, nur zwei Jahre später, brach erneut Krieg aus. In diesem Krieg wurden meine beiden (einzigen) Geschwister getötet. Meine Eltern und ich flohen nach Uganda.«

Nach dem traumatischen Erlebnis bei der Geburt ihres Babys begann Bella, Luganda und Englisch zu lernen, die zwei Sprachen, die in Kampala verbreitet waren, damit sie anderen Flüchtlingen in ähnlicher Lage helfen konnte. Als ich dieses Gespräch mit ihr in ihrem provisorischen Arbeitsraum in Wakaliga führte, einem Armenviertel von Kampala, wurden wir ständig von Flüchtlingen unterbrochen, die um Hilfe bei der

Übersetzung von Dokumenten und anderen Dingen zu ihr kamen. Mich faszinierte, wie mühelos sie zwischen den verschiedenen Sprachen hin und her sprang, die sie mittlerweile fließend beherrschte: Englisch, Luganda, Kirundu, Kiswahili und Französisch.

Bella gründete 2014 »The Mirror Group Network«, bestehend aus fünfzehn Flüchtlingen unterschiedlicher Nationalitäten. Sie nutzen alle ihre Fähigkeiten und befördern das friedliche Zusammenleben mit kulturellen Tänzen, mit Schneiderkursen und dem Verkauf von Kunsthandwerk, das von den Mitgliedern der Initiative hergestellt wird. 2020 erhielt die Gruppe eine finanzielle Zuwendung vom UNHCR, dem Flüchtlingsrat der Vereinten Nationen, die sie zum Kauf von Nähmaschinen für ihr Projekt verwendete. Am Weltflüchtlingstag 2017 wurde Bella als Ugandas Flüchtlingsfrau des Jahres geehrt. »Ich habe mich sehr gefreut, dass meine Arbeit anerkannt wurde«, erzählt Bella strahlend. »Diese Auszeichnung gilt aber nicht mir allein, sondern allen in unserer Gruppe.«

»Mein Leben hier in der Nyumanzi-Siedlung habe ich der Hilfe für andere verschrieben, vor allem für Frauen und junge Mädchen«, sagt Dorcas. Sie arbeitet als ehrenamtliche Gemeindevorsteherin, gibt anderen Flüchtlingen Ratschläge, Anleitung und Hilfe. »Ich widme mich vor allem den Frauen und jungen Mädchen, weil in der Siedlung viel mehr Frauen als Männer leben. Viele Frauen haben keine Ehemänner, obwohl sie verheiratet sind. Die Männer sind im Süd-Sudan geblieben, um das Land der Familie zu beschützen oder im Krieg zu kämpfen. Sie kommen nur in die Siedlung, um ihre Frauen zu besuchen und zu schwängern, dann gehen sie zurück.« Deshalb, fährt Dorcas fort, hätten die Frauen in der Siedlung viele Kinder zur Welt gebracht – manche sieben, manche sogar zehn, für die sie dann nicht aufkommen können. »Ich versuche, ihnen von vielen Kindern abzuraten«, fügt Dorcas hinzu. »Ich kläre sie über Familienplanung auf und dränge sie, die im Health Centre angebotenen Möglichkeiten zu nutzen. Aber sie hören nicht zu. Sie sagen, dass der Krieg im Süd-Sudan viele Tote gefordert hat. Deshalb müssten sie viele Kinder zur Welt bringen.«

Dorcas gründete 2017 den »Nyumanzi Women's Garden«, eine aus ungefähr fünfzig Frauen bestehende Selbsthilfegruppe. Sie unterstützen einander beim Gartenbau. Gemeinsam machen sie die Felder urbar, pflanzen und ernten gemeinsam und verwenden die Erträge für ihren Eigengebrauch. Zukünftig wollen sie etwas von den Lebensmitteln verkaufen, um auch ein Einkommen zu haben.

Victoria ist Mitglied der »South Sudanese International Christian Fellowship Uganda«, die 2014 von Studenten ins Leben gerufen wurde. Die Gruppe will mit Gebet, Spiritualität und Gemeinschaftlichkeit das Leben der in den Siedlungen ansässigen Flüchtlinge verändern. Das erklärte Ziel ist, die Möglichkeiten der Traumaheilung zu erweitern, Versöhnung und Vergebung, Frieden und Einigkeit zu fördern. Victoria und ihr Team beabsichtigen auch, durch Ausbildung die Leistungsfähigkeit ihrer Mit-Flüchtlinge aufzubauen. »Wir wollen erreichen, dass Flüchtlinge in der Lage sind, ihre Fertigkeiten zum Wohle anderer einzusetzen«, stellt Victoria klar. »Wir sammeln außerdem Schuhe, Kleidung und Lebensmittel und dergleichen mehr bei jenen, die es gut mit uns meinen, und geben sie an Flüchtlinge weiter, die wir in den Siedlungen aufsuchen.«

»Ich glaube, das Leben der Flüchtlinge in der Stadt ist besser als unseres«, behauptet Dorcas. »Flüchtlinge in der Stadt haben Zugang zu sauberem Leitungswasser. Wir sind vom Wasser aus Brunnenlöchern abhängig, das nicht sauber ist. Wir werden ständig krank. Mitunter fehlt uns sogar ein Dach über dem Kopf. Die Flüchtlinge in der Stadt wohnen hingegen in richtigen Häusern. Wir sind ungefähr 79.000 hier, die meisten aus dem Süd-Sudan. Damit übertreffen wir zahlenmäßig die ansässige Bevölkerung.«

»Wir werden von der Regierung unterstützt. Alle erhalten sechs Kilo Posho[*] im Monat, dazu ein Kilo Bohnen und einen Liter Öl zum Kochen. Seit 2016 bekommen wir auch ein wenig Geld, ungefähr 21.000 Uganda-Shilling[**] im Monat. Wie du siehst, reichen diese Vorräte nicht für einen ganzen Monat. Das Leben wird noch schwieriger, weil wir kein Feuerholz haben. Wenn wir deswegen versuchen, im nahen Wald Bäume zu schlagen, attackiert uns die Gemeinde. Sie will nicht, dass wir ihre Bäume fällen oder Gras für unsere Hütten schneiden.«

Dorcas erzählt weiter, dass es 2020 zu Zusammenstößen zwischen den Flüchtlingen und der Gemeinde gekommen ist, bei denen ein Flüchtling ums Leben kam und viele verwundet wurden. Alles hatte damit angefangen, dass ein Angehöriger der Gemeinde plötzlich an einer geheimnisvollen Krankheit starb. Man fand ihn tot im Nyumanzi-Handelsposten nahe der Flüchtlingssiedlung. Sein Tod wurde den Flüchtlingen zur Last gelegt.

* Posho – Maismehl, mit Wasser vermischt und gekocht ergibt es den in Afrika weit verbreiteten Maisbrei (Ugali, Sadza, Pap etc.).

** Uganda-Shilling: 1.000 UGX = 0,25 €.

Man musste die Polizei rufen, um die Auseinandersetzungen zu unterdrücken.

»Wir Flüchtlinge in der Stadt erhalten keinerlei Unterstützung seitens der Regierung«, kontert Victoria. »Keine Nahrungsmittel, kein Geld, gar nichts. 2015 und 2016 konnten meine Kinder nicht zur Schule gehen, weil ich es nicht bezahlen konnte. Die Regierung sagt uns, wir sollten in die Siedlungen umziehen, wenn wir wollen, dass unsere Kinder zur Schule gehen, ohne Schulgeld zu bezahlen. Hätte meine Kirche nicht geholfen, wären meine Kinder alle immer noch zu Hause und könnten nicht lernen. Jetzt gehen zumindest zwei in die Schule.«

»Wenn man in Kampala lebt, kommt man nur schwer über die Runden«, stimmt Bella zu. »Wir sind mittlerweile eine Großfamilie mit insgesamt neun Kindern, aber unser Haus hat nur zwei Schlafzimmer. Und dann brauchen wir noch Geld für die Miete, für Essen und alles andere. Zumindest habe ich das Glück, dass meine Kinder in die Schule gehen.« Bella erzählt, dass ihre Tochter mit Unterstützung der Missionaries for the Poor eine gute Schule besuchen konnte. Ihre Tochter hat die Prüfungen inzwischen hervorragend bestanden und wird bald eine Oberschule besuchen.

Bella hatte in Burundi, bevor sie nach Uganda kam, ihren ersten Abschluss in Klinischer Psychologie gemacht. Ihre Qualifikationen wurden aber in Uganda nicht anerkannt. 2016, nachdem sie bereits fünf Jahre in Uganda gelebt hatte, fasste sie den Entschluss, sich an der Nkumba University einzuschreiben. Dort erwarb sie einen weiteren Abschluss in Gesundheitswesen.

»Aber selbst mit zwei Abschlüssen fiel es mir schwer, eine Anstellung zu finden. Es ist uns als Flüchtlingen zwar gestattet zu arbeiten, aber einfach ist es deswegen nicht. Selbst Ugander finden kaum Arbeit«, fügt Bella hinzu. »Ich konnte aber nicht einfach rumsitzen und nichts tun. Ich gründete ein kleines Gewerbe, stellte Chips her und verkaufte sie. Anschließend arbeitete ich als Dolmetscherin für verschiedene humanitäre Organisationen wie InterAid Uganda oder das Uganda Law Refugee Project. Teilweise habe ich gleichzeitig noch studiert. Tagsüber arbeitete ich, abends lernte ich. Wir müssen schließlich überleben!« Inzwischen arbeitet Bella als Kommunikationsbeauftragte für RELON, ein Organisationsnetzwerk in Uganda, das von Flüchtlingen geleitet wird.

Auch Victoria gründete ein kleines Unternehmen, backte und verkaufte Kuchen, um ein Einkommen zu haben. Es reichte aber nicht aus, um ihre Familie mit sechs Kindern durchzubringen. 2017 erhielt sie eine kleine finanzielle Hilfe von der Unterstützungsgruppe ihrer Kirche. Sie verwendete sie darauf, einen kleinen Laden anzumieten und eine Schneiderwerkstatt zu eröffnen. Das funktionierte eine Weile recht gut, bis 2020 die Covid-19-Pandemie zuschlug und zur Schließung des Geschäfts führte. »Jetzt bin ich wieder von der Hilfe meiner Kirche abhängig«, sagt sie abschließend.

Wie sieht nun die Zukunft für diese drei Frauen aus? Flüchtlinge, die in Uganda landen, haben grundsätzlich drei Möglichkeiten: zu bleiben und sich in die Gemeinschaft zu integrieren oder in ihre Herkunftsländer zurückzukehren, sobald sich die Umstände, die zu ihrer Flucht führten, gebessert und stabilisiert haben. Die dritte Option besteht in der Übersiedlung in einen sicheren Drittstaat, in die Niederlande, die USA, nach Kanada und in andere Länder.

»In Uganda zu bleiben, wäre schwierig«, sagt Victoria. »Wir haben kein Geld. Wir haben alle Not, über die Runden zu kommen. Im Süd-Sudan, meinem Heimatland, ist es aber weiterhin nicht sicher.« Noch größere Sorgen macht sich Victoria ihrer Kinder wegen, die nicht zur Schule gehen können, weil sie sich das Schulgeld nicht leisten kann. Nur mit Hilfe der Unterstützungsgruppe ihrer Kirche können wenigstens zwei ihrer sechs Kinder eine Schule besuchen.

»Ich kämpfe immer noch um eine Anstellung«, fährt sie fort. »Ich habe mich wieder auf die Schulbank gesetzt und an der Cavendish University hier in Kampala einen Bachelor in Education gemacht. Ich bin auf der Suche nach einer Stelle als Lehrerin. Das ist aber nicht so einfach. Hätte ich eine Arbeit, könnte ich für meine Kinder sorgen. Vielleicht kehrt im Süd-Sudan wieder Frieden ein und wir gehen nach Hause zurück. Ich habe aber keine große Hoffnung. Es heißt, sie wollen 2024 allgemeine Wahlen abhalten. Das wird noch mehr Probleme zur Folge haben.«

»Wie sieht es bei dir aus, Dorcas?«, frage ich. »Würdest du darüber nachdenken, in den Süd-Sudan zurückzukehren, oder hast du vor, in Uganda zu bleiben?« »Weißt du, ich bin jetzt ganz allein auf der Welt. Meine Mutter starb 2017 hier in der Siedlung. Sie erwachte eines Tages und klagte über Kopfschmerzen. Ich mietete ein Boda-boda*, um sie zum Gesundheitszentrum zu fahren, und sie ist auf dem Weg dahin in meinen Armen gestorben. 2021 starb dann noch mein Vater, ebenfalls hier in der Siedlung. Beide sind hier auf dem Friedhof begraben. Dass meine Geschwister 2013 während des

* Boda-boda – in Ostafrika verbreitetes Fahrrad- oder Motorradtaxi (in Kenia z. B. Piki-piki genannt).

Kriegs im Süd-Sudan getötet wurden, habe ich dir bereits erzählt. Wenn ich in den Süd-Sudan zurückginge, wer würde mich dort willkommen heißen? Wer würde mich zu Hause begrüßen? Ich fürchte, ich habe Pech gehabt. Ich werde für immer Flüchtling sein. Ich lebe in Flüchtlingslagern, seit ich sechs bin.«

Ich frage Dorcas, ob sie sich vorstellen könnte, in einem Drittland angesiedelt zu werden. »Wenn sich die Gelegenheit bietet, würde ich gern in die USA übersiedeln. Eine Freundin, die hier in Nyumanzi gewohnt hat, ist dorthin gegangen. Ich weiß aber, dass es schwierig ist. Zuerst nehmen sie deine Situation unter die Lupe, ob zum Beispiel deine Sicherheit in Gefahr ist. Meinen Pass habe ich jedenfalls schon und die UN-Karte, die mich als Flüchtling ausweist.«

Dorcas sagt, sie wäre offen für alles. »Wenn ich hier in Nyumanzi ein Stück Land bekäme, könnte ich mein eigenes Haus errichten. Und bekäme ich ein wenig Startkapital, könnte ich ein kleines Gewerbe aufbauen. Oder wenn sich die Gelegenheit ergäbe, wieder in die Schule zu gehen, würde ich gern Ernährungsberaterin werden oder Krankenschwester. Ich würde mein Wissen nutzen, den Flüchtlingsfrauen zu helfen, ihnen zeigen, wie sie sich um ihre Kinder kümmern müssen, damit sie gesund bleiben. Ich könnte aber genauso gut Lastwagenfahrerin werden, weißt du. Wenn ich ehrlich bin, habe ich noch nie eine Lastwagenfahrerin gesehen. Aber jedenfalls könnte ich damit überall auf der Welt Arbeit finden.«

Bella hat sich auf ein Commonwealth Scholarship beworben. Sie will an einer Universität in Wales ein Masterstudium in Gesundheitswesen aufnehmen. Zum Zeitpunkt dieses Gesprächs hatte sie gerade die Aufnahmeprüfung absolviert und wartete auf das Ergebnis.

Sie war zuversichtlich, das Stipendium zu bekommen. »Wenn es klappt, gehe ich nach Wales«, sagt Bella. »Ich muss dann zwar meinen Mann und die neun Kinder in Uganda zurücklassen und ich weiß, sie werden mich vermissen. Und sie werden mir auch fehlen – die ganze Zeit, in der ich nicht da bin. Aber ich habe keine Wahl. Ich bete«, fügt sie hinzu, »dass ich das Stipendium bekomme.«

Bella ist bekümmert, dass selbst die Kinder, die sie in Uganda zur Welt gebracht hat, noch immer nicht die Staatsbürgerschaft haben, freut sich jedoch über die Entwicklungen, die ihren eigenen Flüchtlingsstatus betreffen. 2018 erhielt sie einen neuen Flüchtlingspass, der jetzt Burundi als Geburtsland ausweist. Im vorherigen Pass stand nichts über ihre Herkunft, und sie fühlte sich staatenlos. Mit dem neuen Pass kann sie jetzt nach Kenia einreisen, wenn sie ein Visum bekommt, und natürlich auch für die Reise nach Großbritannien nutzen, wenn es mit dem Stipendium klappt.

Seit über achtzig Jahren, seit Uganda polnischen Flüchtlingen Zuflucht bot, die dem von den Nazis besetzten Europa entkommen waren, hat die Aufnahmebereitschaft des Landes nicht nachgelassen. 2021 erklärte Uganda sich nach der Machtübernahme durch die Taliban in Afghanistan bereit, 2.000 Asylbewerber aufzunehmen. Das sollte eine auf drei Monate befristete Maßnahme sein, währenddessen die USA die Anträge der Evakuierten bearbeiten sollten. Ein Jahr später befanden sich immer noch 51 Afghanen in Uganda, die mit dem ersten Kontingent eingereist waren.

Hafunda mitimi, sagte meine Großmutter immer. Das bedeutet: Wenn du in deinem Herzen Platz hast, hast du auch in deinem Haus Platz. Als ich gebeten wurde, diesen Aufsatz zu schreiben, musste ich an ihren Ausspruch denken. Vielleicht empfinden viele Ugander so? Ugandas Pro-Kopf-Einkommen beträgt, wirtschaftlich gesehen, lediglich ein Viertel des deutschen. Dennoch nimmt Deutschland im Vergleich zu seinem Wohlstand weniger Flüchtlinge auf.

Bin ich in Großbritannien, wundere ich mich über den Lebensstil der Nachbarn. Die meisten bewohnen allein ein Haus mit vier Zimmern. Großmutter wäre entsetzt darüber und würde sich fragen, warum sie nicht mit wenigstens fünf oder sechs Verwandten in diesem Haus wohnen. Als ich klein war, lebten ständig mindestens fünfzehn Leute in unserem Haus: Geschwister, Cousinen und Cousins, Onkel, Tanten, Freunde der Familie. Woher nahmen meine Eltern die Mittel, uns alle durchzufüttern? Jeden Morgen sah ich mich erstaunt um und fragte mich, wo alle geschlafen hatten. Wuchsen dem Haus nachts zusätzliche Schlafzimmer zu, um uns alle zu beherbergen? Wächst Uganda auf ähnliche Weise?

Es tut gut, wenn man sieht, wie Dorcas, Victoria und Bella ihr Leben und das ihrer Familien in die Hand nehmen. Die Härten des Flüchtlingslebens in einem fremden Land haben ihre Entschlossenheit nicht verringert, nach einer besseren Zukunft zu streben. Sie kämpfen, um voranzukommen, suchen neue Lebenswege und geben nicht auf.

Und der Nyiragongo hat sein letztes Wort noch nicht gesprochen …

Marie Louise Bibish Mumbu

Aus dem Französischen von Luise Rist

»Am Montag, den 30. Oktober 2023, gab die Internationale Organisation für Migration (IOM) in einer Pressemitteilung bekannt, dass derzeit 6,9 Millionen Menschen als Binnenvertriebene im eigenen Land leben – die höchste Zahl, die jemals verzeichnet wurde. Die Organisation erklärt, dass die große Mehrheit dieser Menschen auf humanitäre Hilfe angewiesen sei. Ende Oktober befanden sich nach Angaben der IOM, die darauf hinweist, dass Gewalt die Hauptursache für die Flucht ist, rund 5,6 Millionen der Schutzsuchenden der Demokratischen Republik Kongo in den östlichen Provinzen Nord- und Südkivu, Ituri und Tanganyika. Allein in Nord-Kivu sind fast 1 Million Menschen aus ihren Häusern geflohen. Grund dafür sind Gefechte der M23, einer Rebellenbewegung, die laut zahlreichen Quellen vom benachbarten Ruanda unterstützt wird.« Le Monde

Die ganze Welt ist in Aufruhr angesichts der Lage in Gaza. Doch darüber sollte nicht in Vergessenheit geraten, was gerade jetzt im Osten der DRK passiert: das Wiederaufflammen der Gewalt, die Verschärfung der Kämpfe. Hunderte Familien bewegen sich von dort weg, sind auf der Suche nach einem Ort der Ruhe, sehnen sich nach Frieden und vor allem nach einem gastfreundlichen Stück Erde, auf dem sie sich ein Zuhause bauen können. Und wäre das alles nicht schon genug, ist da auch noch der Vulkan …

Von der Stadt Goma kann man kaum sprechen, ohne den Nyiragongo zu erwähnen, an dessen Fuß sich die Stadt erstreckt, auf Stein und Geröll aus dessen Krater. Goma ist eine Stadt im Osten der Demokratischen Republik Kongo, am Nordufer des Kivusees gelegen, auf 1.500 Meter Höhe im Rift Valley, Hauptstadt der Provinz Nord-Kivu. Diese Touristenstadt wurde auf früheren Lavaergüssen der Virunga-Vulkankette gebaut, insbesondere auf jenen des vierzehn Kilometer entfernten Nyiragongo, der die Stadt mit seiner Höhe von fast 2.000 Metern überragt. Die Ansicht von Goma ist atemberaubend. Aus ihr spricht Widerstand. Aufrecht steht die Stadt da, anziehend, wie die Menschen, die sie bewohnen …

Es ist wahr, dass an diesem Ort der Erde viel Abwanderung stattfindet. Viele gehen fort, um niemals zurückzukehren. Anderen kommt es wiederum gar nicht in den Sinn, fern des Vulkans zu leben, fern von dem, was für sie zum Wesen der Stadt gehört. Im Übrigen ist die Mobilität von Dingen und Menschen kein Grundrecht, wie man es uns hat lange Zeit glauben machen wollen. Es geht um die Verteilung von Privilegien.

Expats oder Auswanderer nennt man Menschen aus dem Norden, wenn sie ihr Zuhause gen Süden verlassen. All die Frauen und Männer aus dem Süden hingegen, die versuchen, in den Norden zu gelangen, heißen Migranten, Immigranten, Flüchtlinge, Exilanten. Im Moment der Zuschreibung schwingt, im Blick oder im Tonfall, ein Hauch von Mitleid und Überlegenheit mit.

Ich bin eine kongolesische Auswanderin, wohnhaft in Montréal, und ich möchte Sie mit zwei schönen, aufrechten und widerständigen Seelen bekanntmachen, mit Myra Vahighene und Didy Ramazani, Künstlerin und Künstler mit Leib und Seele, die aus dem schmalen

Korridor ihrer Realität herausgetreten sind, um zu träumen und ihre Träume zu leben. Denn ja, es gibt im Kongo Menschen dieses Kalibers, aus ebenjenem Nord-Kivu stammend. Myra hat Goma verlassen, ist nach Kinshasa gezogen, um so weit wie möglich vom Vulkan wegzukommen, und von dem Ort, der sie an einen quälenden Schmerz erinnert: an den Tod ihres Bruders.

Didy hat sich dafür entschieden, in Goma zu bleiben, weil diese Stadt sein Zuhause ist. In Bewegung ist er auf intellektuelle Weise, er trifft beruflich viele Menschen mit der Absicht, sein Zuhause besser einzurichten, um dort bleiben und leben zu können.

Die Nachrichten über die DRK sind wie immer nicht gut, es herrscht Notstand. In Myra steigen viele Erinnerungen an ihre Kindheit auf: »Im Jahr 2002, als ich vier Jahre alt war, brach der Vulkan Nyiragongo aus. Wir flohen nach Ruanda ... Ich habe vage Erinnerungen an Menschen, die weinten und traurig waren. Anschließend kehrten wir nach Butembo zurück ins Haus meiner Mutter. Butembo ist kein Dorf, sondern eine Stadt, eine sehr schöne Stadt. Es ist sehr staubig dort, der Boden ist tonreich. Die Häuser sind aus Lehm gebaut. Viele Bäume verbreiten Kühle. Das Essen ist gut und frisch. Wir brauchten keinen Kühlschrank und keine Gefriertruhe, die Lebensmittel hielten sich. Alle waren, so mein Eindruck, miteinander bekannt. Die Menschen waren liebenswürdig und aufgeräumt. Gute Erinnerungen habe ich an Butembo.

Aber meine Mutter fürchtete sich andauernd vor einem zweiten Ausbruch. Daher beschloss sie, dass ich, sechsjährig, nach Kinshasa gehen sollte, zu ihrem Bruder, der mich wie seine eigene Tochter großzog. Ich erinnere mich an meine Ankunft in der Hauptstadt. Mein Onkel sagte mir, was ich hier alles Unglaubliches erleben könnte, ich könnte sogar den Präsidenten Kabila einmal sehen!«

Myra Vahighene ist eine junge Unternehmerin, die groß denkt und groß träumt. Ihre Organisation Eleza Masolo wertet mit ihren Beiträgen über heutige und historische Ereignisse die Kulturen und die Geschichte Afrikas auf. Ihr Festival »Y'Afrika« belebt die Bräuche und Traditionen des Kontinents. Durch ganz Afrika führen sie ihre Reisen, die sie oft auf eigene Rechnung unternimmt. Wie eine Hohepriesterin ist sie auf Verkündigungstour, verbreitet ihre positive Mission.

Der Tod ihres Bruders war eine einschneidende Wegmarke in ihrem Leben. »Jeder Gedanke daran tut mir auch heute noch weh. Mein Bruder hieß Ignace Kahonde. Wir haben von 2010 bis 2015 zusammengelebt, in den anderen Jahren war ich in Kinshasa. Als ich ihn das erste Mal sah, im Jahr 2010, habe ich mich regelrecht in ihn verliebt: Er war so schön! Und ich erinnere mich daran, dass ich ihn einmal gefragt habe, ob er sich in mich verlieben würde, wäre ich nicht seine Schwester. Lachend antwortete er mir, wie dumm ich sei. Wir waren uns sehr nah.

Bis heute habe ich nicht um ihn trauern können, ich habe sein Grab nicht besucht, weder ich noch irgendein anderer aus meiner Familie. Ignace verstarb im Jahr 2019 an Ebola und wir wurden alle von diesem Verlust geprägt. Er war der einzige Sohn meiner Mutter und hinterließ eine große Leere. Zumal wir ihn aufgrund der unzähligen Vorsichts- und Vorbeugungsmaßnahmen im Zusammenhang mit der Todesursache nicht beerdigen konnten. Wir konnten nie als Familie zusammenkommen, um gemeinsam zu trauern. Meine Mutter ist Zeugin Jehovas, von daher gibt es zwar Dinge, die bei ihr keine Rolle spielen, wie Geburtstagsfeste oder große

Trauerfeiern. Aber dass wir ihn nicht haben beerdigen können, das war etwas, das sie stark getroffen, was uns gebrochen hat. Wenn ich die Wahl gehabt hätte … ich wäre nicht auf die Welt gekommen! Das klingt schlimm, und vielleicht wird Gott böse sein mit mir, aber so denke ich. Ich bin keine Person, die besonders am Leben hängt. Ich sehe, was auf der Welt passiert, ich sage mir, dass es wenig zählt, was man leistet, weil am Ende alles vergeht. Es ist diese vergängliche Seite des Lebens, die es für mich manchmal nicht erstrebenswert macht. Für mich muss jeder Tag zu etwas nützlich sein. Ich bin ein sehr logisch denkender Mensch, vielleicht verdirbt mir das das Leben ein bisschen. Wenn ich die Wahl gehabt hätte, wäre ich nicht auf die Welt gekommen.

Mein Vater ist ein Tabuthema in meiner Familie. Er ist noch am Leben, aber über ihn wurde nicht gesprochen. Schon gar nicht über die Tatsache, dass wir nicht alle den gleichen Vater haben, meine Brüder und ich. Als Jugendliche mit 17 Jahren wurde meine Mutter schwanger vom Vater meiner Schwester. Sie heiratete den Vater meines Bruders, den sie aus mir nicht bekannten Gründen verließ, vielleicht, um ihr Studium weiter zu verfolgen. Sie war sehr ehrgeizig. Dabei lernte sie meinen Vater kennen, der beim Militär war. Sie bekamen zwei Kinder. Von jemand anderem, den meine Mutter später traf, wurde sie mit meiner kleinen Schwester schwanger. Niemand bei mir in der Familie spricht es laut aus, aber dass wir nicht alle den gleichen Vater haben, darüber wird gemunkelt. Ich selbst habe es erst mit acht Jahren erfahren und war darüber schockiert. Heute bin ich es nicht mehr!

Meine Mutter hat mir ihren Mut übertragen. Dass ich in keiner normalen Familie mit einem anwesenden Vater aufgewachsen bin, und dass mich eine andere Person als Tochter angesehen hat (mein Onkel), das hat mich geprägt und mir die Kraft gegeben, eigenständig zu denken. Ich bin kein Papa-Kind. Die Tatsache, dass ich keinen Vater habe, auf den ich zählen kann, verleiht mir täglich neue Stärke.

Ich lebe bei meinem Onkel und seiner Frau, aber ich träume davon fortzugehen, mein Leben zu verändern. Ich habe das Gefühl, meinen Raum im Kongo nicht zu finden. Ich habe Lust nach Abidjan zu gehen, an die Elfenbeinküste, die Welt zu durchqueren, zu reisen. Ich liebe Entdeckungen, große Städte oder auch große Dörfer. Menschen faszinieren mich!

Was mich an einen Ort bindet, ist meine Arbeit, Offenheit, Neugierde. Monotonie ist Horror, und wenn etwas nicht interessant ist, löse ich mich davon, so wie in der Liebe, wo es Interesse und Gespräch braucht. Wenn ich Gott treffen sollte, möge er mir alle Leben zeigen, die ich hätte leben können … Goma fehlt mir nicht, Butembo auch nicht. Da mein Bruder dort verstarb, ist es kein Zuhause mehr. Ich bin eine Person ohne festen Wohnsitz, eines Tages werde ich ein Zuhause haben! Ich bin glücklich, dass ich mich guter Gesundheit erfreue, umsorgt bin, dass ich Kompetenzen habe, ein Adressbuch, dass ich selbst in der Liebe meine Wahl treffen darf. Ich bin dankbar für das, was ich bis jetzt geschafft habe, dass ich mehr gereist bin als alle meine Familienmitglieder, dass ich einflussreiche Leute, Minister und Präsidenten kennengelernt habe. Ja, ich bin glücklich …«

Manche Menschen gehen weg, ziehen woandershin, um sich selbst zu finden. Andere dagegen bleiben, aus den gleichen Gründen. Dies ist der Fall bei Didy Ramazani, Autor, Schauspieler und Regisseur, der in Goma lebt.

Seine Kindheit verbrachte er, der Jüngste von fünf Kindern, sowohl in Belgien, Ruanda als auch im Kongo.

Sein Vater arbeitete nach seiner Ausbildung in Belgien als Arzt in Kigali. Den anderen Teil der Kindheit verlebte er in der DRK. Didy war seiner Mutter immer besonders nahe, vielleicht weil er ihr kleiner Letzter war.

»Das erste Mal verließ ich mein Zuhause, als ich mit 18 Jahren zu studieren begann. Bestimmte familiäre Umstände trugen zu dieser Entscheidung bei. 2008 ging ich weg, um mein Studium an der Universität aufzunehmen, aber auch, um nicht mehr zurück zu kommen. Ich habe das ganze Ingenieursstudium in Goma an der Elite-Hochschule für Angewandte Technologien ISTA durchgezogen. Und gleichzeitig habe ich geschrieben, ich besuchte im Foyer Culturel de Goma Seminare im literarischen Schreiben. Ich schrieb meinen ersten Roman, der von dem Schriftsteller Guillaume Bukasa auf die Theaterbühne gebracht wurde, ein Schreibauftrag von Josué Mufula. Der Titel war »Fataler Krieg«. Er erzählte von den Kriegen der M23 und von den Rebellen des CNDP*. Am Ende meines Studiums am ISTA habe ich mit Kunst weitergemacht. Ich gründete direkt im Anschluss die Gruppe »Les Érudits Cie« (Ensemble der Bewanderten), die bis heute besteht. Wir haben Theaterstücke inszeniert, die wir in einigen Städten unseres Landes zur Aufführung brachten, aber da ich beruflich keinen künstlerischen Werdegang durchlaufen hatte, musste ich mich in Regie, Schauspiel und im dramatischen Schreiben weiterbilden.

Während des Krieges 1996, als Marschall Mobutu, der seit 1965 das Land regiert hatte, gestürzt wurde, begegnete ich dem Tod. Ein schreckliches Ereignis geschah, von dem ich ungern erzähle: Der Tod meiner Mutter war einschneidend. Noch heute erschüttert er mich, schnürt

* Nationalkongress zur Verteidigung des Volkes.

mir die Kehle zu. Ich musste ohne sie aufwachsen, mich entwickeln, lernen, alles musste ich ohne sie an meiner Seite. Als sie starb, war ich ein Kind...«

Auf der Flucht vor dem Wiederaufflammen der Kämpfe in der Region Masisi (Nord-Kivu) fanden weitere 10.000 Vertriebene am Donnerstag, den 9. November 2023, Aufnahme im Bulengo-Lager westlich von Goma. Die stellvertretende Generaldirektorin der Weltgesundheitsorganisation (WHO), die das Lager am Freitag besuchte, versicherte, dass es dringend notwendig sei, die Welt auf das unbeschreibliche Elend aufmerksam zu machen, das Tausende von Menschen durchmachten, die selbst gar nicht am Konflikt beteiligt seien. Ugochi Daniels, die für Hilfseinsätze zuständige stellvertretende Generaldirektorin der IOM, hofft, dass alles getan wird, damit die Vertriebenen in ihre Heimat zurückkehren können. Seit den erneuten Kampfhandlungen in der Region Masisi und zu Teilen in Gebieten des Nyiragongo werden die neuen Vertriebenen in den Lagern von Goma und Umgebung registriert. – Actualités CD*

Für Didy ist Goma sein Zuhause. Deswegen war Weggehen für ihn niemals eine Option. »Ich bin an der Seite des Vulkans groß geworden. Ich muss ihn sehen, sobald ich die Augen öffne. Wenn ich irgendwo ohne Orientierung bin, erschrecke ich mich... Goma wird vom Vulkan bestimmt, vom Laterit. Dieses Vulkangestein ist hier überall, es macht die Identität der Stadt aus, ihre Besonderheit. Ich habe zwei Ausbrüche erlebt: den von 2002, als ich 14 Jahre alt war, und 2021, mit 33. Der Nyiarongo ist der aktivste Vulkan Afrikas, er gehört zu den Virunga-Vulkanen, von denen manche erloschen, und manche gar nicht

* Kongolesische Nachrichtenseite.

sichtbar sind. Die Ausbrüche haben die Stadt geformt. Der Vulkan war vor den Menschen hier, er hat die Welt kommen sehen. Die Aufeinanderfolge von Vulkanen, die Aneinanderreihung von Bergen, ist nicht unbedeutend. Meiner Meinung nach ist dieses Naturphänomen dazu da, die Menschen enger aneinander zu binden und sie dazu zu bringen, einen anderen Umgang mit ihrer Natur zu pflegen. Ich habe Goma nie verlassen, weil es mein Zuhause ist, das mich nicht verstößt. Hier habe ich mich entwickelt, von hier aus habe ich zugesehen, wie sich das Leben ändert. Oftmals wissen die Menschen nicht, wie sie sich an Umbrüche anpassen können…

Das einzige Land, das mich zum Träumen gebracht hat, sind die Vereinigten Staaten. 2014 habe ich an der Green Card Lotterie teilgenommen, gleichzeitig aber erlebt, wie sich Goma zum Positiven veränderte. So sagte ich mir, dass es wohl mein Auftrag sei, hier vor Ort mein Leben zu meistern. In manchen Ecken unserer Stadt spricht man gar kein Suaheli mehr, und wenn sich all diese Menschen hier ansiedeln und hier ihren Ort finden, dann ist es wohl nirgendwo anziehender ist als in Goma. Wo sonst sollte es besser sein?

Meine Eltern gaben mir, was für sie das Wertvollste war: eine gute Bildung, Neugierde, Kultur, Werte. Obwohl ich jung war, als sie starben, bin ich in Dankbarkeit groß geworden, für ihre Bemühungen, mir meine Muttersprache so zu vermitteln, dass ich mich in ihr perfekt auszudrücken vermag. Wenn man die Welt neu gestalten könnte, gäbe es einige Dinge, die ich ändern würde, aber ich will mich nicht beschweren. Ich bin jemand, der das Rad für sich immer neu justiert, anstatt es neu zu erfinden. Und die Dinge, die ich verändern würde, haben mich dazu angehalten, ein Buch zu schreiben, in dem meine Träume schriftlich niedergelegt werden…«

Didy ist ein Einzelgänger, dessen Leben von Selbstdisziplin geprägt ist, getaktet wie ein Uhrwerk. Im vollen Bewusstsein sämtlicher Rebellionen und Aggressionen, die seine Stadt beherrschen, lässt er sich nicht von der Psychose bezwingen. Als gläubiger Muslim wacht er jeden Morgen um 5 Uhr auf, um seine Gebete zu verrichten. Sobald er sie beendet hat, macht er sich an die Arbeit mit seinem wichtigsten Handwerkszeug, seinem Mobiltelefon. Es gehört zu seinem Alltag. Die wesentlichen Unterlagen und Dokumente sind darin zu finden, es ist klein, überallhin zu transportieren, unabhängig von Stromausfällen, Amokläufen und vielem mehr. Ab 9 Uhr morgens ist er im Einsatz für sämtliche Besorgungen und Verabredungen, die im Zusammenhang mit seiner Leidenschaft für das Theater stehen. Mit Nachdruck versichert er, dass bei ihm nichts dem Zufall überlassen werde, dass er seine Unternehmungen sorgfältig am Vortag vorbereite.

»Ich mag das Herumsitzen überhaupt nicht. Es passt mir gut, dass unser Beruf kein Bürojob ist. Am Ende des Nachmittags komme ich nach Hause, besonders seit ich mit dem Trinken aufgehört habe. Sowie ich zurück bin, verlasse ich das Haus nicht mehr! Ich habe mich dazu entschieden, meinen Konsum maßvoll zu handhaben, was mir mehr Zeit mit mir selbst gibt.«

Das Demokratische Kongo existiert, es ist keine Fata Morgana. Es ist bewohnt von Myras, von Didys, von all den besonderen Unbekannten: Menschen mit Träumen und Ambitionen. Ich frage mich immer häufiger, wozu genau die Präsidenten von Republiken dienen, abgesehen vom Paradenabhalten und Repräsentieren.

Da die Kriege nicht enden.
Da das Finanzwesen weiter einbricht.

Da die Naturkatastrophen nicht verhindert werden.
Da die Minderheit der Reichen nicht aufhört, sich zu bereichern.
Und vor diesem Hintergrund wagt man es uns zu sagen, dass die Menschen alle gleich geboren werden … was für ein Witz!

Bestimmte Personen verwechseln Länder mit Baugrundstücken, wir nicht.

Bestimmte Personen leiden darunter, dass sich ihre Welt verändert, dass ihr Imperium verschwindet oder vom Verschwinden bedroht ist, wir nicht.

Bestimmte Personen verstehen nicht, dass das menschliche Wesen immer auf der Suche nach einem Ort ist, wo es überleben kann, wir schon.

Bestimmte Personen schwelgen im Mythos der Mutterschaft, der Weiblichkeit, der Männlichkeit, wir nicht.

Na, dann sagen wir es ihnen …

Dass wir Überlebende sind.

Von Ebola, von Unterentwicklung, von den Befreiungskriegen, von Aggressionen, von Sexismus, von religiöser Verfemung, menschlicher Aburteilung, von Plünderungen, von Flugreisen, von übler Nachrede, von Knechtschaft, Bosheit, Diskriminierungen, von einer ungesunden Beziehung, von einem Vulkan.

Das ist es, was wir am besten können: überleben!

Sagen wir ihnen, dass wir uns nicht klein kriegen lassen.

Und bestimmt nicht schweigen werden …

Der 30. Juni ist der Jahrestag der Unabhängigkeit des Demokratischen Kongo. Unabhängigkeit heißt Abwesenheit von Unterwerfung, oder im Fall eines Landes Abwesenheit einer politischen Organisation oder eines Regierungszweigs, oder auch die Erlangung von

Autonomie. Aber wie soll man feiern, wenn die westlichen, multinationalen Konzerne die Gesetze machen, wenn man uns töten, aufschlitzen, vergewaltigen, die Kehle durchschneiden und ausnehmen kann, wenn man sich bedienen und am helllichten Tag, ohne Repressionen fürchten zu müssen, verschwinden kann? Da gibt es etwas wie ein Problem, nicht wahr? Könnten wir den Kindern von heute erzählen, wie viel besser es ist, im Jahr 2023 im Kongo zu leben als 1960?

Jesse Williams sagte: »Wenn Sie Kritik am Widerstand, an unserem Widerstand, zu üben haben, dann sollten Sie besser eine stichhaltige Kritik an der von Ihnen an uns vorgenommenen Unterdrückung vornehmen.«

Einfach ausgedrückt: Klappe halten und zuhören!

Am 21. Juli 2015, dem belgischen Nationalfeiertag, war ich in der Residenz des damaligen Botschafters von Belgien in Kinshasa. Ich erinnere mich an einen Auszug aus seiner Festrede, der mich stark aufhorchen ließ in Bezug auf die Wahrnehmungen anderer von uns:

»Der kongolesische Schriftsteller Fiston Mwanza Mujila, der in Österreich lebt und arbeitet, schreibt in seiner sehr schönen, poetischen Erzählung, die er vor zwei Jahren veröffentlichte, von der Trockenzeit in Kinshasa, wenn sich der Fluss den ganzen Tag über langweilt … ohne eigentlich zu wissen warum, zweifellos ohne zu wissen, dass er eine Metapher für das Leben ist, dass die Wasser, die wir tagsüber sehen und uns in der Nacht dahinfließend imaginieren, Völker, Menschenmengen, Nationen und Sprachen sind. So viele Hoffnungen und Herausforderungen trägt der riesige Kongo in sich, scheinbar widersprüchlich, aber in Wirklichkeit vereint in diesem grandiosen und mächtigen Fluss, der neben dem Nil, dem Amazonas, dem Ganges, dem Euphrat und dem Gelben Fluss zu den wichtigsten der Welt zählt. Ich sinnierte über diese fernen Flüsse, über die verschiedenen legendären Ströme, ihre Wege, ihre Abzweigungen, ihre Mäander, ihre Verschlammung oder Versandung, und dachte auch an unsere Welt in diesem zweiten Jahrzehnt des 21. Jahrhunderts, an die Gewalt, die heute überall präsent ist – leider auch im Kongo –, an all die Nationen im Nahen und Mittleren Osten, in Nordafrika, in der Sahelzone, in Ostafrika und in Asien, die, wenn nicht vom Krieg zerrüttet, von barbarischer Gewalt heimgesucht werden.

Auch in Europa, das von Uneinigkeit geplagt wird und von den verzweifeltsten und blutigsten Taten nicht – nicht mehr – verschont bleibt, ist die Welt wie der Fluss, wie seine Geschichte, die, um noch einmal Fiston Mwanza Mujila zu zitieren, *eine stechende und stete, eine schmutzige Wunde, eine Art aufgeblähter und gleichermaßen zermalmter Leichnam*. Vor drei Wochen, am 30. Juni, haben wir den 55. Jahrestag der Unabhängigkeit der Demokratischen Republik Kongo gefeiert, eine Geburtsstunde, die im Leben einer Nation zählt. Dies gilt umso mehr, da sich das Land im Zentrum des gesamten Kontinents befindet, der trotz der Dramen, die ihn prägen und martern, der Kontinent ist, der laut den internationalen Wirtschaftsexperten auf dem besten Weg ist, nach der spektakulären Entwicklung Asiens ab dem Jahr 2000 der Kontinent mit dem bemerkenswertesten Wirtschaftswachstum der Welt zu werden.

Wir leben in einer Welt, in der die Realität, die Wahrheit eines Landes immer schwieriger zu erfassen ist, trotz der Geschwindigkeit der Informationen, trotz des Fernsehens und des Internets, die uns das Ereignis direkt miterleben lassen, aber manchmal, tatsächlich zu oft, ohne dabei den gedanklichen Abstand zu nehmen. Denn das, was sichtbar und augenscheinlich ist, sagt uns nicht unbedingt viel über das, was auf weniger sichtbare Weise geschieht. Ich komme auf meine Metapher des Flusses zurück. Wenn ich ihn jeden Morgen betrachte, scheint er glatt und gleichmäßig zu fließen. Aber ich weiß nichts von den widersprüchlichen Strömungen, die ihn unter der Oberfläche durchziehen, auch wenn ich ihre Stärke erahne. Das Paradoxe, das, was unsere Analysen, die politischen Entscheidungen, die wir unseren Regierungen empfehlen, oder die wirtschaftlichen und finanziellen Angelegenheiten, die von in Afrika ansässigen Geschäftsleuten geklärt werden müssen, so schwierig macht, ist, dass Afrika wie jeder andere Kontinent von widersprüchlichen Geldströmen angetrieben wird…

Politik, Religion, Wirtschaft und Ökologie haben alle ihren Platz in diesem Afrika im Aufbruch, aber sie entwickeln sich, wie mir scheint, nach Logiken und mit Softwareprogrammen, die sich jeglicher Kohärenz zu entziehen scheinen, die miteinander kollidieren und deren sichtbare Folge eine große Verwirrung darstellt, derweil dieses vermeintliche Chaos zweifellos irgendwo einen Gleichgewichtszustand findet.« – Michel Lastschenko am 21. Juli 2015

Persönliche Geschichten sind immer die berührendsten. Sie verbinden uns mit dem Menschlichen.

Ich hatte große Lust, die Geschichte dieser beiden Begegnungen zu teilen, in einer makroskopischen Perspektive, damit die Menschen, wenn sie an diese geografische Ecke der Welt denken, den Demokratischen Kongo, einen persönlichen Ankerpunkt haben. Denn durch die Sicht auf diese beiden, ist es möglich, mehr zu erfahren.

Von Menschen, die auf eigenen Füßen stehen.

Von Schicksalen, die vor Augen geführt werden.

Durch Träume, die vorgestellt werden.

Über resiliente, stolze Bürger.

Die Sprache des Klimawandels

Sulaiman Addonia

Aus dem Englischen von Thomas Brückner

Als ich in den frühen 1980er Jahren in einem Flüchtlingslager im Ost-Sudan lebte, gab es viele Dürreperioden. Der Regenmangel war so schlimm, dass unsere Gemeinde Gott um Hilfe bat. Bisweilen zog unser lokaler Sufi-Imam mit uns vor das Lager zu »Sondergebeten«, wie er es nannte. Ich mochte diese Ereignisse, zu denen meine Großmutter mich mitnahm. Sie hatten etwas Feierliches. Unsere Karawane aus Frauen, Männern und Kindern zog mit Essen und Wasser aus dem Lager hinaus zum Fluss, Gebete skandierend und zu Gott betend, dass er uns Regen schicken möge. Im Wald angekommen, stellten die Frauen auf dem Boden drei Steine auf und zündeten Scheite an. Das Essen bestand aus Körnern, die die Frauen mit Zucker aufkochten. Während die Körner langsam über kleinem Feuer garten, versammelte sich eine Menschenmenge um den Imam, der die Bittgebete anführte. Manchmal kam der Regen, manchmal nicht.

Damals prägte sich mir die Verbindung von Gott und Wetter ein. Jahre nach meiner Ankunft in London begann ich die Verbindung zwischen Klimawandel, Wetter und dem Menschen zu sehen, nicht irgendeines Menschen, sondern vor allem dem aus dem Westen. Seitdem brennt mir diese Verbindung auf der Seele. Wann immer ich wieder nach Hause komme, wird meine Reise in eine Region im Würgegriff von politischem Aufruhr und Klimakatastrophe verdüstert.

Wir schreiben den ersten Tag im Januar 2023, als unser Flugzeug aus Brüssel, wo ich wohne, in Khartum landet. Mit meiner belgischen Partnerin, meinem Bruder und den Kindern besuche ich den Sudan, um meine eritreische Verwandtschaft – Mutter, Großmutter, Tante und weitere Angehörige der Großfamilie zu sehen. Unser letztes Treffen fand 2010 ebenfalls in dieser Stadt statt. Einen Tag lang bringen wir uns gegenseitig auf den neuesten Stand und fassen die wichtigsten Ereignisse der zwölf Jahre zusammen, in denen wir uns nicht gesehen haben, und saugen, da wir wieder vereint sind, die Gesellschaft des anderen auf.

Danach wenden sich die Gespräche der brutalen Wirklichkeit des Lebens in Eritrea und im Sudan zu. So wie jetzt, es ist später Vormittag. Wir sitzen im Wohnzimmer eines Appartements beieinander, das wir im Zentrum von Jebra gemietet haben, ungefähr eine Fahrstunde vom Flughafen und vom Nil entfernt. Der beständige Khartumer Verkehrslärm sickert durch die Fenster herein. Meine Partnerin, die Kinder und ich sitzen auf einem Sofa einem anderen gegenüber, auf dem mein Bruder zwischen meiner Mutter und meiner Großmutter thront. Meine Tante kocht Kaffee, umringt von Besuchern und Gratulanten. Solche Treffen in Mietwohnungen sind für Familie und Freunde eine Atempause, in der sie ihrem Kummer Luft machen können. Normalerweise haben die Wände in Unterdrückerstaaten Ohren, doch nachdem die Massenproteste für Demokratie 2019 die Regierung Omar al-Bashirs gestürzt haben, erlauben die neuen Herrscher dem Volk ein wenig Freiheit. »Endlich, und in angemessenem Rahmen«, sagt ein sudanesischer Freund der Familie und nippt am Eritrea-Kaffee.

Selbst dieses Quäntchen Freiheit ist mehr, als ich bei meinem letzten Besuch 2010 erlebt habe. Und ich kann die Zunahme an Freiheit daran ablesen, wie meine Familie und die Gäste reden, laut und alle auf einmal. Die Eritreer im Zimmer, die, wenn sie zurück in Eritrea sind, höchste Vorsicht walten lassen müssen, lassen alle Hemmungen fahren. Ihre Stimmen werden immer lauter, je mehr sie von der endlosen Gewalt erzählen, die sie durch Mensch und Natur erfahren haben. Auch in meinem Denken sind menschengemachte Politik und Natur miteinander verschlungen, doch anders als bei ihnen.

Der Duftrauch steigt wabernd vom Weihrauchkessel auf. Mutter bricht das Himbasha, das süße Brot, und verteilt die Stücke. Fast unmittelbar wird Migration zum Gesprächsgegenstand. Mutter teilt uns mit, dass wir in einigen Tagen einen Gast aus dem Sudan erwarten, der aus Europa zu Besuch kommt. Sie erwähnt seinen Namen. Ich erinnere mich, ihm 2010 begegnet zu sein. Seither ist er nach Deutschland ausgewandert, zunächst über Libyen und dann mit dem Boot über das Mittelmeer. Mutter erzählt, dass er, nachdem er in Deutschland angekommen sei, mehrere Jobs gleichzeitig angenommen habe. Er habe gut verdient und könne nun Appartements in Khartum kaufen, die er vermiete. Ein Schauer der Ehrfurcht ergreift die Anwesenden. Mashallah, welch ein Kerl. Gott segne ihn. Für manch einen ist dieser Mann ein Beispiel dafür, warum sie nach Europa wollen. Aber meine Tante ruft ihnen die Gefahren der Migration ins Gedächtnis. Sie erzählt uns, dass sie vom Mann einer Frau weiß, der mit Kindern und Hunderten anderen Migranten ums Leben kam, als ihr Boot 2013 nahe der italienischen Insel Lampedusa kenterte. Um mich herum werden Gebete für die Toten gemurmelt. Allah ya Rahma (»Möge Allah ihm gnädig sein«). Europa ist ihnen gelobtes Land und Friedhof gleichermaßen. Ein langes Schweigen folgt, das unser sudanesischer

Freund unterbricht: »Kein Eritreer und Sudanese würde weggehen, wenn wir gute Führer hätten«.

Aber so Schwarz-Weiß verhält es sich nicht. Es ist mehr als nur die Politik, was so viele veranlasst umzusiedeln. Eritrea und die Eritreer sind beredtes Beispiel dafür. Eritrea, am Horn von Afrika gelegen, war im Lauf der Jahre verschiedenen Bedrohungen ausgesetzt, die seine Bürger zur Flucht zwangen. Der Sudan hat stets großzügig Flüchtlinge aus seinen Nachbarländern aufgenommen. Auf dem Höhepunkt des Bürgerkriegs zwischen Eritrea und Äthiopien und während des dreißig Jahre andauernden Unabhängigkeitskriegs (1961–1991) suchten fast eine Million Flüchtlinge Schutz im Sudan, zumeist Eritreer. Der Konflikt hatte auf beiden Seiten bedeutende Verluste an Menschenleben und massenhafte Vertreibung zur Folge. Der Abgang hält bis auf den heutigen Tag an. Noch immer tauchen Eritreer im Sudan ab, auch wenn die Gründe heute nicht mehr so klar auszumachen sind wie während der Kriege mit Äthiopien.

Im Wohnzimmer ist es heiß. Die stromfressende Klimaanlage an der Wand arbeitet nicht richtig. Der Deckenventilator schlenkert so sehr hin und er, dass ich befürchte, er könnte runterfallen. Ich schiebe meine Befürchtungen beiseite und lausche dem Gespräch meiner Verwandten unter dem Summen und Klappern des Ventilators. Zu meiner Überraschung debattieren sie detailliert die politische Lage in der Region und stellen beeindruckend ihre Fähigkeit unter Beweis, noch die kleinsten Einzelheiten aufzunehmen und zu behalten. Sie diskutieren, wie die Politiker ihr Leben ruiniert haben. Endlose Kriege zwischen geld- und machthungrigen Männern werden erwähnt, außerdem Bestechungen und als Steuern getarnter Diebstahl. »Wa-alahi, ya Sulaiman«, erzählt mir eine eritreische Verwandte mit erhobenem

Zeigefinger, als riefe sie Gott zum Zeugen an: »die nehmen deinem hungernden Kind noch das Essen aus dem Mund, um sich selbst zu nähren«. Die Verwandte rückt ihr Kopftuch zurecht und erzählt mir, dass ihre Schwester vor kurzem mit Mann und Kindern nach Belgien ausgewandert sei. Als sie erwähnt, dass sie selbst demnächst in die USA gehen wird, schwellen ihre Adern an. »Siehst du, was sie uns antun? Wie Asche verstreuen sie uns über die ganze Welt.« Die Traurigkeit in ihren Augen verstärkt sich, als ein anderer Eritreer berichtet, wie sein Verwandter zu Fuß aus Eritrea floh, über Teseney nach Kassala in den Ost-Sudan. »Er sollte eingezogen werden.«, sagt er. »Gott sei Dank.«

Das ist kein Einzelfall. Viele Eritreer sind in den letzten Jahren aufgrund von politischer Unterdrückung, fehlenden wirtschaftlichen Möglichkeiten und der Wehrpflicht aus ihrem Land geflohen. Eritrea gehört zu den Ländern mit der höchsten Quote an gewaltsamen Aushebungen. Der zeitlich unbegrenzte Wehrdienst zählt zu den wichtigsten Migrationsantrieben. Folgerichtig suchen die Eritreer in Nachbarländern, vor allem im Sudan und in Äthiopien, Zuflucht und ein besseres Leben, oder machen sich auf die gefährliche Reise über das Mittelmeer nach Europa. Dies geht schon seit Jahren so. 2015 bildete einen Höhepunkt, als Eritrea, ein Land mit fünf Millionen Einwohnern, mit 13.000 Menschen die drittgrößte Gruppe derer stellte, die im ersten Halbjahr das Mittelmeer überquerten.

Der erste Kaffee ist ausgetrunken und meine Tante setzt die zweite Runde auf. Die Temperatur im Wohnzimmer steigt, und auch die Klagen nehmen zu. Wie beim letzten Mal, als ich in dieser Stadt war, werden unregelmäßige Regenfälle und fortdauernde Dürrezeiten als Ursache ihrer Entbehrungen erwähnt, jedoch nur nebenbei: »Oh, der und der hat seinen Hof in Showak verkauft, wegen der Fehlernten«, und, »der und der hat verkauft, was von seinen Schafen und Ziegen in Keren noch übrig war und ist nach Asmara gezogen.« Mir fällt auf, wie Showak im Sudan und Keren in Eritrea in diesem wiederkehrenden Muster der Klimakatastrophe vereint sind.

Ein Zustandsbericht zu Klima, Frieden und Sicherheit am Horn von Afrika, 2022 von der Intergovernmental Authority on Development (IGAD) erstellt – zur zyklischen Natur des Einflusses von Umwelt und Konflikten – fand heraus, dass der Klimawandel in der IGAD-Region als Triebfeder der inneren wie der grenzüberschreitenden Migration wirkt. Dem Bericht zufolge richten wiederkehrende Dürrezeiten, Überschwemmungen, Wüstenbildung und andere klimabedingte Katastrophen in der Umwelt der Region schwere Schäden an und schädigen damit auch die dort lebenden Menschen. Im Ergebnis entstehen Muster von Migration und menschlicher Mobilität, mit denen sowohl einzelne als auch ganze Gemeinschaften bessere Lebensbedingungen suchen. Die IGAD-Region besteht aus Djibouti, Eritrea, Äthiopien, Kenia, Somalia, Süd-Sudan und Uganda und ist zu einem Mikrokosmos der tiefgreifenden Auswirkungen geworden, die der Klimawandel hinsichtlich Entwurzelung und Wanderbewegung der Menschen hat.

Allein 2022 wurden im sub-saharischen Afrika 2,6 Millionen Menschen wegen des Klimawandels heimatlos. Und doch spricht niemand um mich herum über den Klimawandel als einer Ursache dieser Katastrophe. Wie damals, als ich als Junge in einem Lager lebte, scheint alles von Gott abzuhängen. Ein Teil von mir denkt, dass es nachvollziehbar ist, wenn meine eritreische Familie und die sudanesischen Freunde das glauben, denn ihren Beitrag zum Klimawandel kann man vernachlässigen. Das Horn von Afrika trägt 0,1 Prozent zu den weltweiten Emissionen bei. Desungeachtet werden sich das Horn, darunter Eritrea und Sudan, mit den schlimmsten Auswirkungen des Klimawandels konfrontiert sehen. Von diesen Tatsachen schon vor vielen Jahren erfahren zu haben, hat Wut und Furcht in mir aufkommen lassen.

Ich habe den Klimawandel nie geleugnet. Aber ich war mir immer darüber im Klaren, dass mein Beitrag dazu im Vergleich zu vielen im Westen verschwindend gering ist. Dieser Gegensatz trat hervor, als ich die Beziehung mit meiner belgischen Partnerin einging, einer weißen Europäerin, die aus einem wohlhabenden Mittelklasseland stammt. Unsere Lebensläufe hätten nicht unterschiedlicher sein können. Das Wissen um meinen minimalen Beitrag zum Klimawandel hat mich zu einem klimafeindlichen Lebenswandel veranlasst. Und ich habe mir, trotz der zunehmenden Beweise für eine drohende Katastrophe, eine lockere Haltung zugelegt, zumal diese vorhergesagten Unglücksfälle sich woanders ereignen würden, nicht in Europa, das seit 1990 mein Zuhause ist. Mir war in den Jahren nach meinem Universitätsabschluss und nachdem ich Arbeit als Wissenschaftler gefunden hatte, ein Ausgleich für die elende Armut wichtig, in der ich bis dahin gelebt hatte. Ich wollte reisen, täglich Fleisch essen, mich in die Mode stürzen und an viele Orte fliegen.

Als meine Partnerin mich zügeln wollte und drängte, an den Klimawandel zu denken, erinnerte ich sie an ihre Geschichte. Ich fragte sie, ob sie und ihre Familie das auch getan hatten, als sie auf großem Fuß lebte, bevor sie Klimaaktivistin wurde. Als Erwiderung brachte sie die Vorhersagen der Auswirkungen des Klimawandels auf Eritrea auf, was mich noch wütender machte. Weil ich der Ansicht war, dies käme einer Erpressung gleich, warf ich ihr vor, dass die Verbrechen gegen das Klima, die sie und ihr Kontinent begangen hätten, direkt für die Dürre verantwortlich seien, der sich meine Familie zuhause gegenübersah.

Mit den Jahren und angesichts der zunehmenden Beweise für den Klimawandel begann ich mich zu ändern. Es ging nicht länger darum, einen Streit mit meiner Partnerin zu gewinnen, egal wie gerechtfertigt meine Position war und wie sehr mich die andauernde Heuchelei im Westen auf die Palme brachte. Ich musste meine Vorbehalte beiseiteschieben, nicht nur wegen meiner Familie zuhause, sondern auch aus Liebe zur Natur, die mir anerzogen wurde, als ich als Kind in einem Flüchtlingslager lebte.

Eine Tatsache: Eine Studie des UNDP zur Anpassung an den Klimawandel in Eritrea stellt fest, dass ungefähr 80 Prozent der Bevölkerung auf dem Land leben und ihr Lebensunterhalt auf regenabhängiger Subsistenzlandwirtschaft beruht. Unterdessen haben Krieg und häufige Dürren in Verbindung mit dem Bevölkerungswachstum die Nahrungsmittelproduktion und die Investitionen verringert. Eritrea ist dem Bericht zufolge »ernster und akuter Verletzlichkeit ausgesetzt, einschließlich des höchsten Grades an Nahrungsunsicherheit und extremer Unterernährung in Afrika überhaupt.« Die alarmierende Schlussfolgerung des Berichts lautet, dass »Klimarisiken eine ernsthafte Bedrohung für Eritreas entstehende Entwicklungsschwerpunkte für die landwirtschaftliche Entfaltung, die Viehzucht, die Schonung der Forstwirtschaft, die Handhabung der Wasservorräte, den Schutz der Küsten und Meere und die Gewährleistung der öffentlichen Gesundheit darstellen.«

Solche statistischen Tatsachen haben meine Einstellung zum Klimawandel geändert. Deren Bedeutung wird in Khartum immer entscheidender und meine Familie erzählt Geschichten von Leuten, die wegen des wechselnden und nicht vorhersagbaren Wetters ihre Lebensgrundlage verloren haben, ihr Zuhause in der Kleinstadt verlassen und in die Großstadt gehen mussten: In einem Jahr kommt es zu extremen Überschwemmungen und zu nie gesehenen Dürren im nächsten. Das sind keine Statistiken der Weltbank oder von Klimaaktivisten. Hier handelt es sich um Situationen aus dem richtigen Leben, in denen meine Verwandten sich wiederfinden. Das ist durch Tatsachen untermauert.

Eine andere Verwandte erwähnt den Fall einer Verwandten an Eritreas Grenze zum Sudan, die beschloss, sich nach Khartum durchzuschlagen. Sie erzählt von kleinen Ereignissen, deren Summe die Familie im Lauf der Zeit dazu gebracht hat, ihr Zuhause hinter sich zu lassen und ins Exil zu gehen. Es begann damit, dass die eritreische Regierung hohe Steuern auf das Geschäft erhob. Dann verhafteten sie den ältesten Sohn, um sich dafür zu rächen, dass er den jüngsten Sohn aus Eritrea herausgeschmuggelt hatte, damit dieser nicht auf unbestimmte Zeit zur Armee eingezogen wurde. Eine schwere Dürre, die die Stadt heimsuchte, brachte das Fass zum Überlaufen: Die Bauern machten so große Verluste, dass sie aufgeben mussten. Als ich wegen der Dürre nachfrage, antwortet meine Verwandte, es sei das Werk Gottes gewesen. Ihr Zorn richtet sich dennoch hauptsächlich gegen die Regierung. Alles liegt in Gottes Hand. Wieder grübele ich über die Begrifflichkeit des Klimawandels nach, und darüber, warum sie in dieser Gruppe aus Besuchern und Familie keine Rolle spielt. In Zukunft wird es darum gehen, die Politik des Menschen wie die menschengemachten Naturkatastrophen zu überleben. Doch kommt nur Erstere in ihren Gesprächen vor.

Vielleicht haben sie keine Zeit, die Umwelt ins Blickfeld zu rücken, weil sie von Krise zu Krise taumeln? Das bereitet mir Kopfschmerzen. Es ist doch ihr Leben. An einem Punkt der Diskussion fühlt es sich an, als hätte man ihnen eine Gehirnwäsche verpasst und mich ausgeschickt, damit ich nach der Pfeife des Westens tanze und die übrige Welt bitte, mit Katastrophen fertig zu werden, die die Westler durch ihren Lebensstil ausgelöst haben. Es ist die darin liegende Ungerechtigkeit, die mich zu schweigen veranlasst. Als meine Tante eine weitere Runde Eritrea-Kaffee serviert, brandet das Koffein durch meine Adern. Belebt verspüre ich die Notwendigkeit, den Klimawandel in die Unterhaltung einzubringen. Ich will meiner Familie und den Besuchern das Wenige sagen, das ich über die Erderwärmung weiß, und weil meine Partnerin, die Expertin in Fragen des Klimawandels, neben mir sitzt, fühle ich mich dazu ermutigt.

Das hat mit Gott nichts zu tun, murmele ich. Aber als ich es laut aussprechen will, bin ich unsicher und in Zweifeln gefangen. Ich muss mir klar werden, womit ich anfangen will. Soll ich mit den Berichten und Studien zur Region beginnen, die die Zerstörung vorhersagen? Soll ich sie mit der Terminologie bekanntmachen, die ich von den Klimaaktivisten in meiner westlich geprägten Lebenswelt übernommen habe? Kann ich diese Tatsachen mit meinen Gedanken und meiner Wut darauf verbinden, dass die westlichen Länder weiterhin die Umwelt zerstören, doch vielen, die vor den Folgen fliehen, die sichere Überfahrt verweigern? Ich denke daran, wie Europa versucht, Diktatoren zu finanzieren, damit sie die Migration an ihren Küsten unterbinden. Ich könnte die bilateralen Hilfsgelder in Höhe von 350 Millionen

US-Dollar in fünf Jahren erwähnen, die die Europäische Union mit der Gewaltherrschaft in Eritrea abgeschlossen hat, um den Flüchtlingsstrom zu stoppen.

Aber würden sie genauso reagieren wie ich, als ich herausfand, wer für den Klimawandel verantwortlich war? Also halte ich den Mund. Die Hitze beißt in die Haut und dringt in meine Poren ein. Einen Augenblick lang ergreift mich das Gefühl der Glücklosigkeit. Ich denke an den Klimawandel und wie man über ihn reden kann. Gleichzeitig drückt mir die Schuld meines Privilegs auf die Seele. Ich stehe auf und öffne das Fenster. Ich sehe hinaus auf einen behelfsmäßigen Teestand und werfe einen kurzen Blick auf die Teeköchin, zu der mein Bruder und ich seit unserer Ankunft gehen. Ihr gehört eine von vielen Teeküchen, die von Frauen und Mädchen betrieben werden und über die Hauptstraße vor unserem Appartement verteilt sind. Leere Hocker und Stühle stehen verstreut im Schatten eines Gebäudes. Sie fegt mit ihrem Besen um die Kochstelle und einen Couchtisch mit Schüben für ihren Tee, das Kaffeepulver, Ingwer und Zucker herum. Später am Nachmittag wird sie auf die andere Straßenseite wechseln, um dem Schatten nachzujagen und von der Hitze verschont zu bleiben.

Die Teeköchin erzählte uns gestern, dass sie erst seit einigen Jahren in der Stadt und vor der Dürre im Westen des Landes geflohen sei. Die Stadt habe es aber nicht sehr gut mit ihr gemeint. Sie habe zwei Töchter, und eine helfe ihr nach der Schule bis tief in den Abend. Sie und ihre Tochter seien jeden Tag Übergriffen von Männern und der Polizei ausgesetzt. Die Gosse vor ihr ist voller Plastiktüten, Limonadenbüchsen, Papier, Holzscheiten, ausgedienten Möbeln, Essensresten. Ratten flitzen herum. Hier gibt es keine Müllbehälter, und die Menschen schmeißen ihren Abfall einfach auf die Straße.

Mensch und Natur bleiben sich selbst überlassen. Und jeder fügt dem anderen Leid zu.

Ich schließe das Fenster und kehre an meinen Platz auf dem Sofa zwischen meiner Partnerin und den Kindern zurück. Meine Tante legt Weihrauch nach. Ich frage mich, wie die Menschen in dieser unerträglichen Situation noch auf Schönes achten können, und dass der Mensch trotz des Fehlens von Führung und Fürsorge sowie der drohenden Klimakatastrophe weiter unternimmt, was er kann, damit es ihm gutgeht. Ich überlege, ob der Klimawandel beim Namen genannt werden muss, damit man ihn sieht und bekämpft. Könnte es sein, dass meine Familie ihre eigene Sprache spricht und ich sie nicht mitbekommen habe, weil ich seit Jahrzehnten im Exil bin?

Ich denke an meine Kindheit im Lager, in dem Gott, so hatte man es mir beigebracht, für die Trockenheit, die Hitze und die Überschwemmungen verantwortlich war. Unser Flüchtlingslager lag sehr abgeschieden. In unserer Schule bot uns keiner einen Gedanken über die Ursachen der Trockenheit an, die sich, je älter ich wurde, immer mehr häufte. Uns wurden keine Erklärungen für die alljährliche Überschwemmung durch den Fluss gegeben, der unsere Obstgärten an seinem Ufer zu Sümpfen machte. Es war alles das Werk Gottes, das war die einzige lebbare Erklärung und das Einzige, was angesichts des Fehlens von Schulmaterialien, Gründen, Ideen, Gedanken und Wissenschaft Sinn ergab.

Doch selbst damals befand sich die Umwelt im Mittelpunkt unseres Denkens. Auch wenn es nicht ausdrücklich so bezeichnet wurde, lassen es einige Aktionen in der Rückschau erkennen, warum manche, mit denen ich aufwuchs, die Natur liebten und die Maßnahmen verstanden, die es brauchte, für sie zu sorgen. Ich erinnere mich zum Beispiel, wie meine Großmutter uns immer wieder drängte, verantwortungsbewusst umzugehen mit dem Wasser, das wir mit unserem Esel aus einem nahegelegenen Fluss holten. Sie ermutigte uns, unsere Hütten und Höfe sauber zu halten und den Abfall zu entsorgen. Mahlzeiten gab es eine oder zwei am Tag. In die Stadt fuhren wir nicht öfter als einmal im Jahr. So, wie sie unsere Bäume und Pflanzen im Hof goss, brachte sie mir bei, für die Natur zu sorgen. Darin manifestierte sich die unausgesprochene Sprache: Wenn du die Natur liebst, liebt sie dich auch und gibt dir etwas zurück.

Ich lächle so, als hätte ich zu guter Letzt die Rolle ausgemacht, die ich als jemand aus der Diaspora im Kampf für den Klimawandel spielen kann. Für mich besteht die Frage hier nicht so sehr darin, dass meine Familie Unterricht dabei braucht, wie man einen sich verschlimmernden Klimawandel vermeidet, weil das etwas außerhalb ihres Wirkungsgrads ist. Ich hoffe, dass ich dazu beitragen kann, ihr Bewusstsein zu erweitern, indem ich Daten und Fakten mit ihnen teile. Schließlich ist die Vermittlung von Wissen über das, was du hegst, ein Akt der Liebe ist, genau wie meine Großmutter mir vieles zeigte, als ich Kind war.

Wir schreiben Januar 2024. Es ist ein Jahr her, dass ich zuletzt im Sudan war. Das Lächeln und die Hoffnung, mit denen ich abgereist bin, hielten nicht lange vor. Nur zwei Monate, nachdem wir Khartum verlassen hatten, brachen Kämpfe zwischen den Sudanese Armed Forces (SAF) und den Rapid Support Forces (RSF*) aus. Wir

* RSF – paramilitärische, islamisch geprägte Truppe im Sudan; nach dem Sturz al-Bashirs an der Militärregierung beteiligt, seit 2023 bewaffneter Versuch, die alleinige Macht im Land zu erobern.

hatten Glück, wir sind dem Krieg knapp entkommen. Doch wenn ich zurückblicke, empfand ich damals schon dieses Unbehagen, das gewöhnlich einem Konflikt vorausgeht. Ich erinnere mich an den Tag, als mein Bruder und ich an diesem Teestand saßen. An jenem Morgen fuhr ein Konvoi an uns vorbei, aufgerüstete, improvisierte Gefechtsfahrzeuge mit großen, auf Dreibeine montierten Maschinengewehren auf der Ladefläche. Wir sahen die grimmig aussehenden RSF-Männer nicht an, wir gaben nicht viel darauf. Tage später sahen wir uns plötzlich willkürlich von der sudanesischen Armee errichteten Kontrollpunkten gegenüber. Selbst da ahnten wir noch nicht, dass sich etwas zusammenbraute. Wir verließen Khartum in Hochstimmung und versprachen der Familie, im darauffolgenden Jahr wiederzukommen.

Die Kämpfe zwischen SAF und RSF brachen im April 2023 aus. Bombardierungen, Luftangriffe und Häuserkampf haben über 12.000 Menschen das Leben gekostet und zu Panik in der Bevölkerung geführt, was viele zur Flucht zwang. Das UNHCR schätzt, dass über sieben Millionen Menschen im Land ihre Häuser verlassen haben. Millionen haben beschlossen, im Land umzusiedeln, einige sind in Richtung äthiopische Grenze gezogen, andere in den Süd-Sudan. Von meinen Familienmitgliedern in Khartum sind viele in die Flüchtlingslager und Dörfer im Osten des Landes zurückgekehrt, aus denen sie vor Jahrzehnten auf der Suche nach Lebenschancen geflohen waren. Familien, die in der Großstadt Unternehmen aufgebaut hatten, mussten alles in der Hauptstadt des Sudan stehen und liegen lassen, die noch nie einen Krieg durchgemacht hatte.

Die umfangreiche Vertreibung von Menschen – das schließt unsere Lieben, ihre Freunde und Nachbarn,

Kollegen, Kommilitonen, Geliebten und Partner ein – führte zu einer schweren humanitären Krise. Ein Bericht des OCHA (UN Office for the Coordination of Humanitarian Affairs) zeigt, wie die schweren Kämpfe zwischen SAF und RSF die humanitäre Hilfe unterbrachen und dazu geführt haben, dass die Menschen unter dem Fehlen von Obdach, Nahrung und Gesundheitsfürsorge leiden. Neben der Vertreibung führt der Konflikt im Land auch zu einer Verschlechterung der Umweltbedingungen. Bomben und Artillerie haben infrastrukturellen Schaden an Straßen, Kanalsystemen, Kliniken, Krankenhäusern und Fabriken angerichtet, die die Lebensgrundlagen verschlechtern und zu Umweltkatastrophen führen.

Der Krieg hat die Vulnerabilität des Landes für den Klimawandel vergrößert und zu einer alarmierend wachsenden Ressourcenknappheit beigetragen. Beunruhigend ist, dass der Krieg, der in der Großstadt angefangen hat, sich auf andere Landesteile ausgeweitet hat. Der OCHA-Bericht zeigt, dass die Kämpfe inzwischen »die für die Nutzpflanzenproduktion wichtigsten Regionen« in Mitleidenschaft zieht und »zu einer beachtlichen Zunahme humanitärer Bedürfnisse während der Erntezeit (Dezember und Januar)« geführt hat. Die Kombination aus Konflikt, Vertreibung und Klimawandel stellt die humanitären Bemühungen im Land vor bedeutende Herausforderungen. In einer unsicheren Umgebung ist die Bereitstellung von Hilfen umso schwieriger. 2023 war für die im Sudan lebenden Menschen ein Jahr großen Leidens. Am Telefon sagt meine Tante, die im Osten des Landes lebt: »Möge Gott uns dieses Jahr Frieden bringen.«

Das mediterrane Trugbild

Omar Robert Hamilton

Aus dem Englischen von Thomas Brückner

Kairo pulsiert: Jeden Morgen ergießen sich Massen von Menschen durch die verstopften Arterien in die Stadt mit einer Einwohnerzahl von 23 Millionen hoch, bevor sie bei Einbruch der Dunkelheit wieder in ihre Unterkünfte in der Wüste und ihre Flussdörfer zurückkehren. Kairo ist der letzte Konzentrationspunkt des Nils. Hier strömt er schnell und kompakt, bevor er sich teilt und in den flachen Überschwemmungsgebieten des Deltas verläuft. In Kairo erlebten Politik, Geschichte, ganze Zivilisationen ihre Hochphase, bevor sie zerschmettert und in alle Winde zerstreut wurden. Die Stadt, auf immer und ewig gegen die eigene Sollbruchstelle gedrängt: 23 Millionen Menschen, die es in die Wüste hinaus und hoch in den Himmel treibt. Und doch hält Kairo das irgendwie aus. Verschiedenen Zählungen zufolge befindet sich unter diesen 23 Millionen Menschen eine Million Vertriebener. In und unter der offiziellen Stadt gibt es eine zweite.

Sieht man sich Kairo auf Landkarten und in Reiseführern an und hält sich die traditionellen Vorstellungen der Ägypter vor Augen, kann man anhand der Stadt die historischen und gesellschaftlichen Grenzen Ägyptens nachzeichnen. Es wird eine Abfolge von Städten erkennbar, die hintereinander, in den jeweils vorherrschenden Stilen errichtet wurden: die koptische Stadt, die umfriedete islamische Stadt mit der Ayyubiden-Zitadelle, mit der die später erbaute ottomanische Große Moschee geschützt wird, die modernen Auswüchse der

Khedivat*-Bourgeoisie in Zamalek und Downtown, die Stadtgestaltung durch die Briten in Maadi und Garden City, die Betontürme des Nasser-Sozialismus**, die Flucht des Kapitals in die Wüste, die mit Sadat City begann und heute mit der neuen Verwaltungshauptstadt von Präsident Abdel Fattah al-Sisi auf ihren baulichen Betonhöhepunkt zutreibt – eine ungeheure Geisterstadt, die darauf angelegt ist, den Strom öffentlicher Gelder in Privatschatullen umzuleiten.

Zwischen diesen Stadtteilen gibt es noch eine andere Stadt: Dar al-Salaam, die Heimat der in Kairo lebenden Somalis, liegt zwischen den Südmauern des koptischen Kairos und den Gartenvillen von Maadi. Die Autobahn, die das nasseristische Mohandessin mit den Wüstenanwesen verbindet, verläuft über Ard el-Lewa hinweg, die Heimat der Eritreer und Äthiopier Kairos. Weiter draußen in der Wüste und mitten in Sheikh Zayed City befindet sich Little Syria.

Zwei Jahre lang unterrichtete ich Geflüchtete in einer Abendschule und suchte nach Zugangsmöglichkeiten zu dieser zweiten Stadt.

Samuel studierte Medizin in Eritrea, fünf Jahre später musste er aus dem Land fliehen. Er bezahlte einen Schleuser, und sie gingen nachts bis zu einer Stelle an der Grenze, an der man ihm befahl loszurennen und sich

* Khedivat – zwischen 1805 und 1914 Tributärstaat des Osmanischen Reiches, der Herrscher trug den Titel Khedive (Vizekönig).

** Nasser-Sozialismus – auf den ägyptischen Präsidenten Gamal Abdel Nasser zurückgehende Form des sogenannten Arabischen Sozialismus, der einen Dritten Weg zwischen Kapitalismus und Sozialismus anstrebte.

nicht umzudrehen. Er bezahlte für die Route von Eritrea in den Sudan und dann nach Ägypten. Bei jedem Grenzübertritt zahlte er einen geringeren Preis. Kostete es 5.000 US-Dollar, um aus Eritrea herauszukommen, so zahlte er an der geschäftigen und durchlässigen Grenze zu Ägypten nur noch 1.000 US-Dollar. Samuel ist höflich, fleißig und schreibt aufmerksam mit. Ich muss ihn bitten, sich nicht ständig zu melden, damit auch andere Gelegenheit bekommen zu antworten. Er arbeitet mittlerweile als Altenpfleger und wartet auf die arrangierte Hochzeit mit einer Eritreerin in Kanada.

Kairo lag immer an einem Scheideweg, war ein Zwischenstopp am Nil, eine Wegstation in der Wüste, war das Ende Afrikas und der Beginn Asiens – oder das Ende Asiens und der Anfang Afrikas. Jahr für Jahr überqueren Millionen Vögel das Mittelmeer auf ihrem Weg zu den Winterplätzen im Süden, ziehen weiter den Nil hinauf oder sie fliegen an der Levanteküste entlang zum Roten Meer und dann weiter nach Süden. Der Heroinhandel folgt denselben Wegen in umgekehrter Richtung: Er durchquert Anatolien bis zum Bosporus oder fährt durch Ägypten hinauf ans Mittelmeer.

Die Vögel und das Heroin folgen einer Nord-Süd-Achse, die Waffen aber überziehen gnadenlos das gesamte Land: von und zu den Warlords in Libyen, hin zum Aufruhr auf dem Sinai, über die Halbinsel hinweg nach Gaza, von Nordkorea in die Mittelmeerhäfen oder zu Verbündeten in ganz Afrika. Ein Beispiel: 1994 wurde eine Schiffsladung Bomben, Granaten und Macheten, als Hilfslieferung getarnt, an die Hutus in Rwanda verkauft, oder eins aus jüngerer Zeit: Die US-Amerikaner fingen 2023 eine Nachricht ab, in der Ägyptens Präsident seinen Minister für Militärproduktion anwies,

Raketen für den Verkauf an Russland und zum Einsatz im Ukrainekrieg vorzubereiten. Aber natürlich geht der Waffenfluss zumeist Richtung Süden: aus den USA, aus Frankreich und aus Deutschland direkt in die Waffenlager der Diktatoren.

Internationale Geschäftsleute, diplomatische Delegationen, Sextouristen, Waffenhändler, -schmuggler und Söldner bevölkern die Eingangshallen der 5-Sterne-Hotels in Kairo. Sie alle netzen die Schnäbel am Wasserloch, am Aufmarschposten gen Süden.

Amanuel, ein christlicher Oromo, hat die Stadt seit fünf Jahren nicht verlassen. Seine Tage verbringt er mit Chorproben, Lesen, Englischlernen – und Warten, nicht auf eine Entscheidung, sondern auf eine zweite Anhörung. Er ist überzeugt, dass etwas schiefgelaufen, sein Name aus dem System gefallen ist, dass sein Warten zu nichts führt. Ruft er an, gibt ihm niemand auch irgendeine Auskunft. Ich kenne zufällig jemanden beim UNHCR. Mein Freund nimmt sich der Angelegenheit an, was aber keine andere Antwort erbringt: Es ist nichts schiefgelaufen. Er ist immer noch im System, und er muss weiter warten.

Das Warten ist im ganzen Land zum Allgemeinzustand geworden. Warten auf das Ende der Ein-Mann-Herrschaft, auf die Erholung der Wirtschaft, die Verbesserung der Verkehrssituation. Ägypten war immer ein Land, in das Menschen einwanderten, um zu bleiben – inzwischen ist es aber nicht mehr Transit-, sondern Vertreiberland. Seit 2021 hat sich die Zahl der Ägypter verdreifacht, die durch die Wüste nach Libyen und von dort über das Meer nach Italien ziehen. Mindestens acht Millionen Ägypter hat es über die gesamte Welt verstreut. In dem Maße, in dem sich die wirtschaftliche Lage Jahr um Jahr verschlechtert, kehren die jungen Männer ganzer

Dörfer dem Land den Rücken. Als sich Abdel Fattah al-Sisi an die Macht putschte, war das ägyptische Pfund 0,15 US-Dollar wert. Heute steht es bei 0,03 US-Dollar. Welchen Maßstab man auch heranzieht – Inflation, Bruttoinlandsprodukt, Schulden, der Erzeugerpreisindex, Arbeitslosigkeit –, die Wirtschaft ist kollabiert. Das ist das Ergebnis der räuberischen Korruption der Militärjunta, von der nahezu jeder Wirtschaftsbereich bedroht und durchsetzt ist, die private Investitionen austrocknet, ausländisches Kapital abschreckt und die internationalen Schulden so hoch treibt wie nur irgend möglich – all das natürlich zu Lasten des Volkes.

2019, auf dem Höhepunkt der Gelbwestenproteste, trat Frankreichs Präsident Macron im Fernsehen auf und versprach, in dem Versuch, das Volk zu beschwichtigen, fünf Milliarden Euro Steuerentlastungen. Ägypten kaufte sowohl 2015 als auch 2021 von Frankreich für fünf beziehungsweise 4,5 Milliarden Euro Kampfflugzeuge. Soweit man das beurteilen kann, sind die französischen Jets nicht mit den übrigen Flugzeugen der ägyptischen Luftwaffe und deren Systemen kompatibel.

Die Gasse hinter dem Büro der Egypt Air in Downtown führt in einen Innenhof mit sudanesischem Restaurant und Zigarettenstand. Geht man auf ein Bier in die Kneipe an der Kreuzung von Tahrir und Doqqi, gewinnt man mit Sicherheit neue Freunde aus dem Jemen.

Nadine aus dem Sudan lebt seit zehn Jahren in Kairo. Sie ist die sprachlich Talentierteste in der Klasse. In unserem zweiten Jahr erlebe ich sie jedoch mürrisch und gelangweilt – sie hat bereits vor Monaten ihr Juraexamen an der Universität Kairo gemacht, findet aber keine Anstellung. Dadurch hat sie den Antrieb verloren und verbringt die meiste Zeit zuhause, sieht fern und wartet darauf, dass sich etwas ändert.

Jahrelang war das ägyptische Pfund an den Dollar gebunden, der Umtauschkurs wurde von der ägyptischen Zentralbank und nicht über internationale Marktwährungen festgelegt. Als al-Sisi die Macht übernahm, vertraute er auf drei grundlegende Finanzquellen: Zuwendungen von den Autokratien am Golf, Kredite internationaler Banken und Kredite vom Internationalen Währungsfonds (IWF) zur Strukturanpassung, die zu deutlich geringeren Zinsen zurückgezahlt werden müssen. Der IWF aber, dessen Aufgabe es ist, die Grundsätze der freien Marktwirtschaft zu verbreiten, verlangte vor der neuerlichen Kreditvergabe einen Flotationsprozess. Also wertete Ägypten am 3. November 2016 seine Währung um 48 Prozent ab. Es sollte nicht die letzte Geldentwertung bleiben. Vier Monate später posierte die deutsche Kanzlerin Angela Merkel mit al-Sisi an den Pyramiden für ein Lächelfoto und versprach 500 Millionen US-Dollar für eine Sicherheitszusammenarbeit, unter anderem zur Bekämpfung des Menschenschmuggels.

Seither bleibt die Mittelmeerroute aus Ägypten geschlossen. Die Flüchtlingsroute biegt jetzt am Nildelta nach Westen ab, und immer mehr Menschen wandern durch die Wüste nach Libyen. Dabei birgt der Weg nach Westen außerordentliche Gefahren: Warlords und ihre Internierungslager; IS-Soldaten wie jene, die 2015 aufzeichneten, wie sie 21 ägyptische Kopten köpften; Hubschrauber der ägyptischen Armee, die auf jedes unbekannte Fahrzeug in der Wüste feuern und Unzählige mit Unterstützung französischer Überwachungsflugzeuge töten; dahinter das tödliche Meer.

Und dennoch gehen sie – Bewegung vor Stillstand, das menschliche Bedürfnis nach einem Silberstreif am Horizont. Unlängst sprach es Ägyptens Außenminister bei einem Treffen mit zwei Politikern aus dem Westen unverblümt aus: Wenn wir fallen, werden sich bald darauf 100 Millionen Menschen auf diesen Silberstreif zubewegen.

Ich las den Essay eines in Kairo lebenden sudanesischen Schriftstellers. Er gefiel mir und so schrieb ich ihm. Wir wurden Freunde, trafen uns zweimal im Jahr und redeten über Politik: Er brachte mich auf den neuesten Stand zur Revolution im Sudan, die damals im Gange war, ich versorgte ihn mit den düsteren Einzelheiten des unnachgiebigen Durchgreifens gegen oppositionelle Politik in Ägypten. Er verfügte über detaillierte Informationen zu den Bürgerkomitees in mehreren Städten, der Geschichte der relevanten Vereinigungen, Wahlbündnisse und Fraktionen, dem illegalen Goldfluss aus dem Sudan nach Dubai, mit dem sich die paramilitärische RSF finanziert. Der Sudan habe aus unseren Fehlern in Ägypten gelernt, war er sicher, man werde nicht von den Straßen weichen noch irgendwelchen Armeeversprechungen zur Demokratie vertrauen.

Er war optimistisch. Dabei verpasste er alles – saß in Kairo fest, weil seine Frau im Sudan unglücklich war. Er mochte die Stadt nicht und wünschte sich, sein Sohn könnte in Khartum aufwachsen, in einem der einstöckigen Häuser, bei offenen Türen und gemeinsam genutzten Innenhöfen. Stattdessen wohnte er in einem Betonturm an der Ausfallstraße zum Flughafen, in einer Wohnung neben seiner Schwiegermutter und musste sich anhören, wie die Familie den Umzug zu Verwandten in Oakland, Kalifornien, plante. Er wünschte sich, an der Revolution teilnehmen zu können, und beruhigte sich damit, von Kairo aus wichtige Arbeit online zu leisten.

Als ich ihm nun nach langer Zeit mal wieder eine Nachricht schickte und ihn fragte, wie es ihm jetzt gehe, da zwei Generäle alle Koalitionsbemühungen der Revolution hinweggefegt und ihre Truppen aufeinander geschickt hatten. Er hat nicht mehr geantwortet.

Zurück in der Abendschule. Mohamed kommt immer zu spät, immer. Eine halbe Stunde nach Unterrichtsbeginn, er lächelt, gibt sich selbstbewusst und langt schnell nach dem Textmarker, um zu beweisen, dass seine Verspätung keinerlei Auswirkungen auf seine Fertigkeiten habe. Er macht oft Fehler, aber das kümmert ihn keineswegs. Er stammt aus Nubien und treibt gern Schabernack mit der Gruppe, sagt ihnen Wörter auf, die niemand je zuvor gehört hat. Er wird ganz aufgeregt, wenn er der Klasse stolz verkündet, er sei der Hüter seiner Sprache.

Nubien, das im Lake Nasser untergegangen ist, einem See im Landesinnern, der das Tal überflutete, als in den 1960er Jahren der Assuan-Staudamm errichtet wurde, ist jetzt Heimstatt Tausender Flamingos. Am Ufer des Sees steht der Tempel von Abu Simbel: vier riesige Sitzbilder von Ramses II., die aus dem Berg herausgeschlagen wurden, mit einem Tor zwischen den Knöcheln des Königs, das in das Innere führt. Der Tempel wurde 1964 in Quader geschnitten, auf höherliegendes Gelände verbracht, um ihn vor dem steigenden Wasser zu retten, und dort wieder zusammengesetzt. Die vier Kolosse waren früher eine Art Grenze: ein Zeichen für jeden, der den Fluss heraufgesegelt kam, dass er im Begriff war, auf Neuland vorzudringen, und im Land eines Volkes begrüßt wurde, das fähig war, große Dinge zu errichten.

Dieses Zeichen stand über Jahrhunderte in Abu Simbel. Der Übergang zwischen Ägypten und Nicht-Ägypten befand sich früher einmal weiter südlich, im Sudan.

Stets verlief er an der Westgrenze im Überschwemmungsgebiet zwischen Fluss und Wüste. Die Pyramiden bildeten den äußersten Punkt der Wüste, Symbole des Übergangs vom Staat zum Nicht-Staat, hoch aufragende Strukturen, von denen aus Wachtposten den Horizont beobachten konnten.

In der modernen europäischen Ideenwelt hat man das Mittelmeer umkonstruiert, um eine arrogante Selbsttäuschung durchzusetzen: die Vorstellung, dass Europa sich von anderen Teilen der Welt unterscheidet, dass Europa etwas anderes als eine ausgedehnte Halbinsel am Rande Asiens ist oder eine Küste jenes Bassins, das es sich mit Afrika teilt, oder dass es Strömungen aus dem Golf von Mexiko ausgesetzt ist.

Der Horizont am Mittelmeer, den wir in Jahrtausenden betrachtet haben, hat sich häufig verändert:

- ein Endpunkt, dem man sich nicht nähern darf (als man sich die Erde als Scheibe vorstellte oder – wie in Ägypten – als das Land, das alles schenkte, was ein Großreich benötigte)
- ein Ursprung militärischer Bedrohung (die Seefahrervölker, die Römer, die Normannen, Piratenflotten, die Venezier, die Ottomanen)
- eine Region für Transport, Handel, Austausch und Rückkehr (für einige war es leichter, das Meer zu überqueren, als die Berge oder Wüste)
- ein gemeinsamer Grund für Völker und Orte, schiffbar, überwindbar.

Mittlerweile gibt es für eine Reise über das Meer meist nur eine Richtung: Boote, die vor Kriegen und Warlords fliehen; Schiffe, die mit fossilen Brennstoffen beladen sind oder gefüllt mit Verbrauchs- oder Wegwerfartikeln. Während ich dies schreibe, befinden sich gerade 37

Frachtschiffe und 32 Öltanker im Suezkanal. Drei Öltanker begannen ihre Fahrt in Russland. In diesem Augenblick (an einem Sonntag um 15 Uhr) kreuzen, grob geschätzt, mindestens 390 Öltanker im Mittelmeer.

Europas Ideenwelt ist gekapert und verdreht worden, bis zu dem Punkt, an dem kleine Boote voller Kinder auf der Suche nach vorübergehender Zuflucht eine politische Krise auslösen. Heute ist das Mittelmeer kein Meer mehr, sondern ein Burggraben, mit dem man diese Kind-Feinde draußen halten, sie vor der eigenen Haustür ertränken will. Über ihren Leichnamen lässt sich dann gut philosophieren. Das Mittelmeer ist eine Barriere, eine psychologische Bruchstelle, der tödliche Rand einer Idee, nach der ein Sozialist in Irland oder Frankreich mit einem Finanzier in Frankfurt oder einem Neo-Faschisten in Ungarn mehr gemein hat als mit einem Videokünstler aus Gaza oder einem Journalisten in Nigeria. Das Mittelmeer hat zu einer fatalen Nadelstellung im inneren Kompass Europas geführt. Demnach verläuft die Trennlinie zur Teilung der Welt zwischen Nord und Süd. Sie scheidet, und das war schon immer so, links von rechts – oder: jene, die an eine offene Welt mit gemeinsamen Werten glauben, von jenen, die an eine private Welt glauben, die von individuellen Wünschen bestimmt wird. Das ist das Mittelmeer heute: ein Trick, heraufbeschworen, um die Menschen von der Begrenztheit unserer sterbenden Welt zu überzeugen: dass Europa harte Ränder hat, endliche und schwindende Ressourcen, kollabierende Gesundheitssysteme. Dass es, dass wir, dass Demokratie, Fortschritt, Wohltätigkeit, dass Selbstbewusstsein und Geschichtswissen, dass Verantwortung, dass alles ... am Wasser endet. Das Wasser ist wieder, was es vor vielen Tausend Jahren war – eine Klippe, hinter der man vom Rand der Welt stürzt. Es sind nicht nur die Menschen in Ägypten, denen das Wunder eines Silberstreifs am Horizont verwehrt bleibt.

»Von euch scheint keiner zu begreifen: Nicht ich bin mit euch hier eingeschlossen; ihr seid mit mir hier eingeschlossen.« Rorschach* in *Watchman*

Wir schicken stetig Botschaften über das Wasser. Einige sprechen von Moral und Gerechtigkeit, andere von Verantwortung, manche beschwören eine höhere Konzeption der Menschlichkeit. Wieder und wieder sprechen wir dieselbe Warnung aus: Was uns angetan wird, wird eines Tages auch euch angetan werden.

Das ist keineswegs eine bloße Metapher. Die kleinen Flüchtlingsboote haben nicht über Nacht eine Krise ausgelöst. Diese Krise ist herbeigeführt worden. Es dauerte Monate, die Krise vorzubereiten, und es brauchte Jahre, bis ihre Gefühllosigkeit wirkte. Die Wiederholung dieser Krise begann nicht in Syrien, sondern nahm zwischen Moskau und Washington ihren Anfang, als Obama die »rote Linie« überschritt, die Angriffe mit chemischen Waffen auf Zivilisten verbot, und Putin das regionale Vakuum ausnutzte und Fassbomben auf Krankenhäuser warf. Alles begann, als Angela Merkel ihre »Wir schaffen das«-Einladung zurücknahm. Es begann, als die EU ihre selbstgesetzten Regeln aufgab und Hotelbesitzern auf Lesbos klar wurde, dass niemand kommen und die verlorenen jungen Männer von der Insel holen würde. Es fing an, als

* Rorschach – Bezug auf den Psychoanalytiker Herrmann Rorschach, der um 1920 ein Testverfahren zur Analyse psychopathologischer Krankheiten entwickelte, das bis heute umstritten ist; gleichzeitig Bezug auf die gleichnamige Gestalt im Graphic Novel *Watchmen* von Moore und Gibbons (1986/87).

ein Politiker, mit einer Frage nach *Wir gegen die* konfrontiert, den Zugang zur Rhetorik der Gerechtigkeit oder der geschichtsbewussten Verantwortung verlor und sich entschied, sie zu *die* zu machen. Es fing an, als Großbritannien der Türkei die Aufnahme in die EU verweigerte. Es nahm seinen Anfang, als der Kaiser von Byzanz irrtümlich die Kräfte heraufbeschwor, die den Ersten Kreuzzug auslösten. Es beginnt immer wieder, sobald eine regierende Partei eine Woche der schlechten Nachrichten erlebt.

Es beginnt mit jeder Beschwörung einer eingebildeten kohärenten Kontinentalidentität. Was macht dieses Europa aus? Was verbindet – über eine verdrehte Christlichkeit hinaus – einen finnischen Lehrer mit einem sizilianischen Bauern? Der Glaube an die Demokratie, an Menschenrechte, an die Gleichheit der Völker? Glaubt jemand allen Ernstes, dass dieser Glaube am Mittelmeer aufhört? Wenn Europa in der Lage ist, seine Vielfalt zusammenzuhalten, wodurch wird dann bestimmt, wo es aufhört und der Graben beginnt? Die Natur bestimmt es nicht; die Natur überwindet die Grenzen Europas, überschreitet den Bosporus, zieht durch die bulgarischen Wälder oder die Levanteküste entlang oder überquert die Straße von Gibraltar, wie es einst auch die Menschen getan haben. Wie viel von der europäischen Idee, die den Finnen mit dem Sizilianer verbindet, gründet auf Angst? Ein tiefes, vielleicht unbewusstes Verständnis dafür, dass diese Nationen ihre Vorteile durch den historischen Zufall erlangten, die ersten bei der Industrialisierung zu sein, dass die Profite endlich sind, die auf Kosten der Erdatmosphäre gemacht wurden, und deshalb gehortet werden müssen. Die Welt da draußen ist furchteinflößend. Die Leute wollen, was wir haben, und es bleibt uns nichts anderes übrig, als uns um uns selbst zu kümmern. So ist das nationale Leben, wenn es als Horrorfilm gelebt wird.

Die britischen Tories sind ungefähr einmal im Monat in einen Skandal der Inkompetenz, der Korruption oder groben Fahrlässigkeit verwickelt. Am folgenden Tag werden die Tageszeitungen garantiert mit Meldungen über neue schwimmende Lastkähne zur Inhaftierung von Flüchtlingen zugepflastert, über Pläne, Flüchtlinge nach Rwanda, Moldawien oder Papua-Neuguinea zu deportieren, darüber, dass nun Kriegsschiffe für Patrouille und Pushbacks eingesetzt werden sollen, dass ein neues Gesetz zur Aushöhlung der Staatsbürgerschaft verfasst wird, bewaffnete Jet-Skis hergestellt werden sollen, Neuankömmlinge erkennungsdienstlich erfasst werden, politisch bewusste Beamte, die die Pläne der Regierung verhindern wollen, entlassen werden, dass man die europäische Menschenrechtskonvention verlassen muss.

Was man uns zufügt, wird eines Tages auch euch zugefügt. Wo führt das hin?

Angela Merkel nahm ihre Einladung nach Deutschland zurück und die Europäische Union zahlte Erdoğan sechs Milliarden Euro, damit er die Grenze schließt, die erste Tranche ungezählter Milliarden, die man seit 2015 an ägyptische Diktatoren und libysche Warlords und internationale Waffenfirmen gezahlt hat. Das hat Erdoğan und al-Sisi ewige Erpressungsprivilegien in die Hand gegeben. Erdoğan kann seine politischen Gegner zu Tausenden verhaften, aber er hält die Grenzen dicht. Sisis Ägypten befindet sich in einer Todesspirale der Gewalt und der Korruption – gestattet aber nur Öltankern, auf das offene Meer zu gelangen.

All das führt zu einer Welt zentralistischer Staaten, die von unerschütterlichen, undurchdringlichen, nicht zu hinterfragenden Grenzzäunen definiert werden. Es führt zu einer militarisierten Polizei, die sowohl die Grenzen als auch die Bevölkerung überwacht, es endet bei eingekesselten Protesten und verurteilten Protestierenden, bei Biometrie und genetischen Sequenzen, bei Gesichtserkennung und immer strengeren Kriterien zur Wählerregistrierung. Es endet bei einer kleinen Bande von Eliten, die ihre nationalen und ethnischen Differenzen zugunsten ihres gemeinsamen Ziels beiseitegelegt hat, die Bevölkerung zu kontrollieren.

Das Mittelmeer muss aber keine Grenze sein. Es ist nicht als Grenze gedacht gewesen, sondern vielmehr dafür, unsere Mitte zu bilden, das, was uns verbindet. In diesem Sinne ist es in unser aller Interesse, diese ursprüngliche Idee von jenen zurückzuerobern, die gern möchten, dass wir anders denken, von jenen, die so viele davon überzeugt haben, dass Strandurlaub all-inclusive die einzige Zeit ist, in der jemand in der Lage sein sollte, den Silberstreif am Horizont zu sehen.

September 2023

Kopflos oder Die Aporie des Exils

Shima Bahremand

Aus dem Persischen und annotiert von Sarah Rauchfuß

Ich hatte den Kopf verloren. Ein sonderbares Gefühl der Schwerelosigkeit erfasste mich, als sei ich ein Körper ohne Kopf. Zuerst hallte eine Stimme in meinem Kopf. Dann wurde er taub. Ein schwerer Gegenstand senkte sich nieder auf meine Stirn und ein schrilles Geräusch, eine Art Pfeifen, ertönte; dann wurde es einige Momente lang still. Darauf folgte Benommenheit und der Schock des Tasers. All das hatte sich innerhalb weniger Sekunden ereignet. Jetzt zerrte der Beamte an meiner rechten Hand und stieß die obszönsten Beleidigungen aus, die man sich vorstellen kann. Mir wurde klar, ich muss hier weg. Aber ohne Kopf, benommen und mit einer verschwommenen Sicht konnte ich nicht weg. Jemand zog an meiner linken Hand und brüllte: »Lauf, lauf einfach!« Ein anderer tauchte auf und entriss meine Hand dem korpulenten Mann mit dem Elektroschocker. »Lauf einfach!«, rief er mir zu. Ich lief, aber wie mit den Beinen einer anderen. Groß schien er zu sein, der Mann, der meine Hand ergriffen hatte. Das erkannte ich anhand der Sonorität seiner Stimme und dadurch, dass ich, während wir liefen, manchmal den Kontakt mit dem Boden verlor.

Ich wandte mich einen Augenblick zurück, um zu sehen, was mit dem Jungen geschehen war, der mich gerettet hatte. Alles war verschwommen und dunkel, aber mit der halben Sicht, die mir geblieben war, registrierte ich die rote Farbe des Bluts, von dem ich nicht wusste, ob es ihm frisch über das Gesicht lief oder schon vorher dort gewesen war. »Lauf, lauf einfach!« Ich lief. Mit dem mitfühlenden Blick des Jungen vor Augen und dem Keuchen des korpulenten Mannes hinter mir, der uns weiterverfolgte und fortfuhr, die schlimmsten sexistischen Schimpfwörter von sich zu geben. Für einen Moment spürte ich sogar seinen Atem in meinem Nacken. »Keine Angst, lauf einfach!«, sagte der Mann, packte meine Hand fester und lief schneller. Wir schienen noch einmal davongekommen zu sein. Von den Gassen südlich des Azadi-Platzes bis etwa zur Mitte der Straße der Revolution (Khiyaban-e Enghelab) waren wir in einem Zug gelaufen.

Es war kurz vor der Abenddämmerung und nach und nach sah ich immer weniger. Wir kamen zu einem Haus in den Gassen südlich des Enghelab-Viertels. Überall war es jetzt dunkel. Ich sah nichts mehr außer einem Streifen Licht, und Schatten, die schnell vorbeihuschten. Eine Frauenstimme sagte mütterlich: »Kommt rein. Wenn die Lage sich beruhigt hat, könnt ihr wieder gehen.« Wie viele wir waren, weiß ich nicht. Ich war blind geworden und kopflos. Aber zumindest konnte ich das noch wahrnehmen: das Kopflossein und die Blindheit. In der Antike war das Blenden der Besiegten Teil der Siegeszeremonie gewesen und die entwürdigendste Demütigung, der ein Mensch unterzogen werden konnte. Aber wir waren noch nicht besiegt. Draußen vor dem sicheren Zufluchtsort setzte sich undeutlicher Lärm fort und es roch weiterhin nach Rauch und Tränengas. Also waren wir noch nicht besiegt, wir leisteten nach wie vor Widerstand.

In den Mythen der Antike galt Blindheit auch als Strafe für schwere Sünden oder als Erbe einer Strafe für einen Gesetzesbruch, der in vorhergehenden Generationen begangen wurde. Unsere Sünde bestand darin, einem System den Gehorsam zu verweigern, das uns keinerlei Rechte gewährte – wir Kopflosgewordenen, die keinen Anteil hatten am Denken und an der Politik. Wir waren Menschen, denen, nicht gesetzlich, wohl aber in der Praxis, das Menschsein, politische Beteiligung und das Recht, über das eigene Schicksal selbst zu bestimmen, verwehrt worden waren, die aber Mensch sein wollten. Unsere Präsenz auf den Straßen kam einer Art »Profanierung« dessen gleich, worunter die Juristen im alten Rom eine Art Heiligkeit religiöser Dinge verstanden hatten, die den Göttern gehörten und dem Wirkungskreis der Menschen entzogen waren.* Das Recht sollte als etwas, das im Bereich heiliger Dinge verwurzelt war, in die Sphäre der profanen Dinge zurückgeholt werden, damit der Mensch wieder Gebrauch davon machen konnte. Und zwar jene Art des Gebrauchs, auf den Walter Benjamin in seinen Ausführungen zu Kafkas kurzer Erzählung »Der neue Advokat« hindeutete, in denen es heißt: »Das Recht, das nicht mehr praktiziert und nur studiert wird, das ist die Pforte der Gerechtigkeit.«** – ein Außerkraftsetzen des Rechts der Herrschenden oder ein anderer Gebrauch dieses Rechts. Gemäß Giorgio Agambens Ansatz in Profanierungen gilt es, die Möglichkeit des freien Gebrauchs des Rechts den Klauen der Machtapparate zu entwenden, die sich seiner bemächtigt haben. Das war die politische Mission unserer Generation.

Also liefen wir, zurück auf der Straße der Revolution. Ich war noch immer ohne Kopf, aber zumindest einen schwachen Schimmer konnte ich jetzt sehen. Der Mann,

* Giorgio Agamben: *Profanierungen*, Berlin 2005, S. 70.

** Walter Benjamin: *Gesammelte Schriften*, Band 2, Frankfurt a. M. 1991, S. 433.

der meine Hand ergriffen hatte, hatte Recht behalten, als er sagte, dein Augenlicht wird wiederkommen, die Dunkelheit bleibt nicht. Er war Arzt, gerade aus Deutschland zurückgekommen, und verstand etwas von diesen Dingen. Keine Angst, sagte er, die Auswirkungen des Stromschlags sind nicht langfristig. Aber das konnte ich ihm nicht glauben. Die Dunkelheit bestürmte mich mit all ihrer Kraft und ich dachte an nichts außer an diese Dunkelheit und die durchdringenden Geräusche um mich herum. »Lauf einfach!«, rief er. Kopflos, verängstigt, aber leichtfüßig, als sei ich der Freiheit auf den Fersen, lief ich.

Plötzlich stolperte ich. Mein Fuß war an eine Erhebung im Boden gestoßen und während ich zu Boden ging, betrachtete ich diese genauer. Ich sah einige goldfarbene, viereckige Steine, etwa zehn Zentimeter im Quadrat, die vor einem Haus ins Pflaster eingelassen worden waren und auf denen auf Deutsch Namen und Daten von Personen standen: Opfer der Nazis – jene, die man in ihrem Heimatland zu »Homo sacer«* erklärt hatte und die der deutsche Faschismus in den Lagern ermordet oder in den Selbstmord, ins Exil und zur Flucht aus dem Land getrieben hatte.

Einige Jahre nach diesem Laufen und Stolpern durch Teheran stieß ich auf solche Stolpersteine in Berlin, die ein Stück hervorstehen, den nichtsahnenden Passanten

* Begriff aus dem Werk Giorgio Agambens: »Der homo sacer ist die Verkörperung einer archaischen römischen Rechtsfigur: Zwar durfte er straflos getötet, aber nicht geopfert werden, was auch seine Tötung sinnlos und ihn gleichsam unberührbar machte – woraus sich der Doppelsinn von sacer als ›verflucht‹ und ›geheiligt‹ ableitet.« Giorgio Agamben: *Homo sacer: die souveräne Macht und das nackte Leben*, Frankfurt a. M. 2002.

stolpern lassen und ihn dazu nötigen, sich der Geschichte des Faschismus zu stellen. Zum Lesen der Inschrift beugt sich der Passant, der für einen Moment zu einem Zeugen der Geschichte geworden ist, hinab, als erweise er der Erinnerung an die Opfer Respekt und verneige sich vor ihnen. Als flanierende Immigrantin in Berlin von all dem nichts ahnend, schlenderte ich ziellos durch die Straßen der Stadt von Ost nach West, um die Erinnerung an Zeiten, in denen es noch eine Mauer gegeben hatte, wachzurufen und den Unterschied zwischen Ost- und Westberlin mit eigenen Augen zu sehen. Zu meinem Empfang waren nun ironischerweise die Opfer des Nationalsozialismus gekommen. Es ist Oktober und der Herbst zeigt sich, anders als in meinem Heimatland, in seiner ganzen Pracht. Berlins Straßen und Gassen sind von Herbstlaub bedeckt und das Stechen der Kälte ab dem Moment des Sonnenuntergangs macht das Spazieren durch die Stadt etwas beschwerlich; besonders für mich, die ich aus der Dürre und aus einem erhitzten Land komme. Ich setze meinen Weg fort. Nur beachte ich jetzt nicht mehr meine Umgebung noch das, was vor mir liegt. Meine ganze Aufmerksamkeit gilt dem Bode, dem Ort, von dem ich nun weiß, dass er Zeugnis ablegt von der Existenz und dem Tod jener Menschen, die dem Nationalsozialismus zum Opfer fielen. Meine Stirn wird taub. Wieder habe ich das Gefühl, meinen Kopf verloren zu haben. Hier, in der Fremde, sind wir Flüchtlinge kopflos, ohne Gedächtnis und ohne Erinnerungen. Wir müssen uns mit einer anderen Identität verbinden, mit einer neuen Nationalität, einer neuen Staatsbürgerschaft. Wir müssen uns unserer Vergangenheit entreißen, ob wir wollen oder nicht.

Aber diese Steine, das kollektive Gedächtnis einer Nation, erreichen mich durch das Gefühl der Kopftaubheit hindurch. Vor der Tür eines Hauses sind vier Steine verlegt worden und in geringem Abstand dazu drei weitere. Anhand der Familiennamen ist ersichtlich, dass einige von ihnen aus derselben Familie stammten. Auffällig ist, dass sie alle im Monat Oktober deportiert wurden. Einer von ihnen, Georg Arndtheim, wurde am 18. Oktober 1941 ins Ghetto Litzmannstadt (Łódź) deportiert und ein Jahr später, im August 1942, ermordet. Auch Frida Arndtheim wurde an jenem Tag deportiert und ebenfalls nach Litzmannstadt verschleppt. Dort überlebte sie ebenfalls nur ein Jahr und starb am 29. Dezember 1942. Eine weitere Arndtheim, Helga, gehört zu den Überlebenden. Sie kam 1945 frei. Drei weitere Steine: zwei Opfer und eine Überlebende. Flora Milchner wurde am 18. Oktober deportiert und starb am 8. Mai 1943. Heinz Milchner gelang es, vor der Barbarei der Nazis zunächst nach England, dann nach Südafrika und schließlich nach Dänemark zu flüchten. »Einer der Gedanken, die den Deportierten im Lager anhielten, zu überleben, ist jener, Zeuge zu werden.«* Es sind die Überlebenden, die im Namen der Opfer die Last der Zeugenschaft auf sich nehmen müssen. Die Stolpersteine sind Zeugen unserer Zeit, für Ermordete, die selbst kein Zeugnis ablegen können.

Im Bezirk Charlottenburg hängt am Eingang zur Fasanenstraße 22 eine Tafel, die an den Aufenthalt eines antifaschistischen Intellektuellen aus Iran in Berlin erinnert, der ein Leben als doppelt Exilierter geführt hatte: in seiner Heimat, von wo man ihn verjagt hatte, und aus Deutschland, wo er ebenfalls nicht bleiben konnte.

* »Nel campo, una della ragioni che possono spingere un deportado a sobravvivere, è diventare un testimone [.]« Giorgio Agamben: *Quel che resta di Auschwitz*, Turin 1998, S. 13.

Taghi Erani war 1926 in dieses Haus gezogen, in dem er zwei, drei Jahre seines Lebens verbrachte. Es scheint die letzte Spur zu sein, die er in Berlin hinterließ. Ende Dezember 1928, kurz nach Erlangung seines Doktorgrades und unter Androhung einer Ausweisung aus Deutschland, verließ er Berlin wieder.

Als Erani sich im August 1922 erstmals auf den Weg nach Berlin machte, ist er erst 23 Jahre alt und leidenschaftlich besessen von der Wissenschaft, die in seinem Heimatland zu wenig fortgeschritten war, als dass sie ihm ausreichend Möglichkeiten hätte bieten können. Mit der Zeit jedoch wurde sein Interesse an Naturwissenschaft zum Deckmantel für andere Leidenschaften: Geisteswissenschaft, Orientalistik und Psychologie, später Philosophie und politischer Widerstand – eine Leidenschaft, die erstmals in Berlin aufflammte. In dieser Zeit geht das Schreckgespenst des Faschismus in ganz Europa umher. Eranis Beobachtungen in diesen Jahren berichten von der Dominanz des Faschismus über alle Lebensbereiche der Deutschen. Er pflegt eine freundschaftliche Beziehung zu Lise Meitner, die als Physikprofessorin an der Universität Berlin lehrt und ihre Lehrbefugnis 1933 verliert, weil sie Jüdin ist. Erani schreibt: »Nur ein Dummkopf kann glauben, dass ein Jude weniger fähig sein soll als ein Deutscher [...] Rosenberg, der aus seinem Geschwätz eine Theorie für die Faschisten entwerfen soll, täte gut daran, einmal in die Viertel im Zentrum und im Norden Berlins zu gehen, die er vermutlich nie passiert hat. Unter den Auswirkungen von Armut und Misere, moralischem Verfall, der Zuflucht zum Bier, der Unterbringung der großen Massen in engen und dunklen Häusern, der Agonie der Arbeitslosigkeit oder Arbeit in einer vergifteten Umgebung, ist der Deutsche, der glaubt, allen Rassen überlegen zu sein, als sei er verwandelt, als habe er den Zustand des Menschlichen verlassen.«*

Ich stehe an den Resten der Mauer und denke mir, dass es Hitler wohl nie eingefallen wäre, dass in Berlin eines Tages keine Spur mehr von ihm bleiben würde außer den Erinnerungen an die Verbrechen, die er und alle Nazis begangen hatten. Einer Erzählung nach soll Hitlers Grabstätte an einem Ort liegen, an dem sich heute ein Parkplatz befindet, und jedes Mal, wenn rechte Parteien und Faschisten eine Kennzeichnung des Ortes mit Hitlers Namen ins Gespräch brächten, würden sie aufgrund des Drucks der Menschen und der linken Parteien zu einem Rückzieher gezwungen werden. Mit der Machtübernahme Hitlers 1933 begann für Deutschland eine Ära der Finsternis und des Selbstruins. Der Reichstagsbrand im Februar 1933 wurde zum Vorwand für das Verbot oppositioneller Parteien, insbesondere die der Kommunisten und Sozialdemokraten. Ihre Parteiführer flohen in die Umgebung des Saarlandes, das an Frankreich grenzt und unter französischer Verwaltung stand, einige suchten auch in Frankreich selbst Zuflucht. Aber wenige Jahre später, als Frankreich während des Vichy-Regimes mit den Deutschen kollaborierte, gerieten die Schutzsuchenden in eine Falle und viele von ihnen wurden ermordet, darunter Willi Münzenberg und Rudolf Breitscheid, die Erani beide kannte und über deren Flucht er informiert gewesen ist. Münzenberg wurde 1940 in einem Wald in der Nähe Grenobles erhängt aufgefunden. Erani, damals schon länger nach Teheran zurückgekehrt, war zur Hochzeit des Faschismus noch

* Taghi Erani: *Asar wa maghalat-e doktar-e taghi erani*, Köln 1977, S. 77.

einmal nach Deutschland zurückgegangen, um die unheilvollen Entwicklungen in seiner zweiten Heimat aus nächster Nähe zu verfolgen, mitten in jener Zeit, in der seine linken Freunde den Faschisten in die Hände fielen. Auch Erani fiel schließlich, wie so viele andere Kommunisten und Sozialisten, dem internationalen Faschismus zum Opfer: eine Entwicklung »genannt Drittes Reich, die das Schicksal Eranis besiegelte, auf tückische Weise«*.

Als Reza Schah 1925 die Pahlavi-Dynastie (1925–1979) begründete, hatte die Welt gerade den Fuß auf die Schwelle zu einer neuen Ära gesetzt. Vor dem Zweiten Weltkrieg war nicht nur England, sondern auch die Sowjetunion um eine Verständigung mit Nazideutschland bemüht. So stand Iran den Deutschen offen. Reza Pahlavis größte Sorge galt einer Invasion des Iran durch die Sowjetunion, was für ihn schwerer wog als alles andere: Als Mitglied der persischen Kosakenbrigade hatte er zuvor drei Jahrzehnte lang unter den Russen gedient und sein negatives Bild von ihnen sorgte dafür, dass es ihn an die Seite Hitlerdeutschlands zog. Der nationalistische Faschismus fasste in Iran immer weiter Fuß. Um sich dem Naziregime anzubiedern, stand die Verfolgung von Arbeiteraktivisten, Kommunisten und linken Intellektuellen bald auf der Tagesordnung. Wie viele Gleichgesinnte und Intellektuelle seiner Zeit ereilte auch Erani ein bitteres Schicksal, nachdem der Coup d'Etat des 3. Esfand 1299 (21. Februar 1921) sämtliche Errungenschaften der Konstitutionellen Revolution (1905–1911) über Nacht hinweggefegt hatte. Die Generation an iranischen Intellektuellen, die vor Taghi Erani nach Berlin gekommen waren, um die Luft der Freiheit und des

* Younes Jalali: *Taghi Erani: Yek zendegi-ye kutah*, Teheran 2021.

Liberalismus zu schnuppern, und die auch ihren eigenen Landsleuten ein befreiendes Schicksal bescheren wollten, wurde demoralisiert und knickte sozusagen ein. Hassan Taqizadeh (1878–1970) wurde Bonapartist, Hossein Kazemzadeh (1884–1962) spiritueller Heilprediger. Mohammad Ali Dschamalzade (1892–1997) fand Zuflucht in der heilsamen Welt der Literatur. Mohammad Qazwini (1867–1949) suchte Trost in der erbauenden Kraft der Orientalistik. Abu'l-Hasan Alavi beging aufgrund von Depressionen Selbstmord. Morteza Alavi verlor sein Leben während Stalin Säuberungen und der Rest wurde verstreut wie vom Wind auseinandergetriebene Blätter. Von den Berlinern der nachfolgenden Generation kehrten Erani und Bozorg Alavi (1904–1997) nach Teheran zurück und wurden dort als Mitglieder der Gruppe »Die Dreiundfünfzig« festgenommen und eingesperrt. Erani starb im Gefängnis, während Bozorg Alavi einige Jahre darauf Zuflucht in Ostdeutschland fand und dort sesshaft wurde.

Im Verlauf seines kurzen Lebens hatte Erani das Leben in der Kadscharen- und Pahlavi-Ära, in der Weimarer Republik und im Dritten Reich am eigenen Leib erfahren. Als Erani 1928 sein Promotionsstudium abschloss, musste er in seine Heimat zurückkehren. Die Geschichte seiner Ausreise nahm jedoch eine besondere Wendung: Am 29. November 1928 schickte der damalige iranische Botschafter in Berlin ein Schreiben an das deutsche Außenministerium, in dem er die Auslieferung eines iranischen Studenten namens Ahmad Asadov (auch: Ahmad Asadi) forderte. In der Folge wurde seitens Iran Druck auf die deutsche Regierung ausgeübt, Erani und einen weiteren kommunistischen Studenten namens Rokni aus Deutschland auszuweisen. Schließlich warnte ein deutscher Abgeordneter Erani, Deutschland so schnell wie möglich zu verlassen und nach Iran zurückzukehren. Mit der drohenden Ausweisung konfrontiert reiste Erani eigenmächtig zurück, von einem Exil ins nächste, aus Nazideutschland in die klammen, dunklen Gefängniszellen der Faschisten im eigenen Land.

Aufgrund der Herausgabe der Zeitschrift Peykar (dt. »Kampf«; Berlin und Wien, 1931–1932) hatte Erani bereits zuvor den Zorn der Faschisten auf sich gezogen. Unter den linken iranischen Studenten in Deutschland war er einer der kämpferischsten und seine Aktivitäten sowie die der Gruppe kommunistischer Studenten aus Iran, die sich in Europa aufhielten, zielten vorwiegend auf die Zustände innerhalb ihres Heimatlandes. Um den reaktionären und antinationalen Charakter der Regierung Reza Schahs zu enthüllen, veröffentlichten Erani und seine Gleichgesinnten in Peykar ein Traktat mit dem Titel »Verlautbarung der Wahrheit«*, woraufhin die deutsche Polizei im Auftrag der iranischen Regierung begann, die Herausgeber des Traktats zu verfolgen und der Gruppe die Ressourcen zu entziehen. Mit seiner Rückkehr nach Iran gab Erani seine politischen Aktivitäten nicht auf und begann, vor Ort Beziehungen zu regimekritischen Gruppen aufzubauen. Das Pahlavi-Regime und sein Machtapparat inszenierten sich als Wegbereiter der Moderne; einer Moderne, die sich als abhängig

* Pers. »Bayan- e Haqq«. Für das persisch-arabische Wort *haqq* gibt es im Deutschen nur unzureichende Übersetzungen. Es wird je nach Kontext u.a. für »Wahrheit«, »Recht«, »Wahrhaftigkeit« und »Gerechtigkeit« verwendet. Jemand, der *haqq* hat, hat sowohl recht als auch das Recht darauf, dieses oder jenes zu tun. In der englischsprachigen Sekundärliteratur ist der Titel des Traktats mit »Statement of Truth« übersetzt worden, vgl. Ali Mirsepassi: *The Discovery of Iran: Taghi Arani, a Radical Cosmopolitan*, Stanford 2021.

von Zwang, Kapital und Despotie entpuppte, die ihre Herrschaft mittels Terrors sowie Mundtotmachung und Unterdrückung der intellektuellen und liberalen Kräfte etablierte und die Errungenschaften und Ideale der Konstitutionellen Revolution mit Füßen trat. Die chauvinistischen und propagandistischen Parolen unter dem Deckmantel der Lobpreisung der iranischen Antike und arischen Rasse standen dem modernen Faschismus in nichts nach.

Dr. Taghi Erani, der den Anbruch des nationalsozialistischen Deutschlands mit eigenen Augen gesehen hatte, erkannte scharfsinnig bereits in den Anfängen die hässliche Fratze des aufkeimenden Faschismus und den Hall der Schritte einer herannahenden Diktatur. So schrieb er im Bahman 1312 (Februar 1934) in der ersten Nummer der Publikation Donya (dt. »Welt«): »Im Zuge der Ausbreitung des Faschismus, der sich anschickt, die Demokratie wieder durch eine Diktatur zu ersetzen, hat, Mussolini nachfolgend, zuletzt das Regime Hitlers die Bühne Europas betreten.« Erani unterzog außerdem die Rassentheorie Rosenbergs aufmerksam einer harschen Kritik. Und hinsichtlich der Gefahr eines heraufbrechenden Krieges bemerkte er zwei Jahre später: »Deutschland rüstet mit exorbitantem Eifer und exorbitanter Ernsthaftigkeit auf. Niemand kann heutzutage vorhersagen, von welcher Grenze aus der Faschist zuerst zuschlagen wird.«*

Auch das Phänomen des »Flüchtlingsstatus« geht auf diese Epoche zurück: Flüchtlinge als Menschen, die eigener Rechte entbehren und sich der vollständigen Absorption durch eine neue nationale Identität entziehen. So schreibt Agamben in Referenz auf den Essay *Wir*

* Taghi Erani, *Donya*, 2 (10), 1935, S. 11–12.

Flüchtlinge von Hannah Arendt: »Der Flüchtling ist vielleicht wirklich die einzig denkbare Gestalt des ›Volks‹ in unserer Zeit«.* Neben den Menschen, die sich weigerten, mit dem politischen Körper Nazideutschlands zu verschmelzen, gehörten Juden, Kommunisten und Sinti und Roma zu jenen Gruppen, die aus der deutschen Gesellschaft ausgestoßen oder ganz getilgt wurden. Dieser »Auswurf der Menschheit«, diese zu »Unerwünscht[en] und Lästig[en]« Erklärten waren fortan nurmehr nacktes Leben, auf das der Begriff des Menschen und damit auch die Menschenrechte nicht mehr anwendbar waren.**

Wir Flüchtlinge im Iran haben im Laufe der Geschichte diese Erfahrung ebenfalls durchlebt: von der Ära Reza Schahs – als Erani, Paradebeispiel des oppositionellen, liberalen Intellektuellen, und seine Geistesbrüder nach Deutschland gingen und fortan sowohl in ihrem Heimatland als auch in Deutschland Exilierte waren – bis in die heutige Zeit, in der Menschen wie sie in ihrer Heimat weiterhin Fremde sind oder schutz- und rastlos in anderen Ländern weilen.

Nachdem er sich vor dem Zugriff von Hitlers Faschismus gerettet hatte und in seine Heimat zurückgekehrt war, wurde Erani am 18. Ordibehesht 1316 (8. Mai 1937) durch die Polizei Reza Schahs verhaftet. Die Beamten stürmten gegen 22 Uhr Eranis Wohnung im Beisein eines unbekannten Zeugen, dem nicht mal Eranis vollständiger Name geläufig war. Trotzdem führten die Beamten ihn ab und es dauerte nicht lange, bis die Nachricht von der Festnahme überall im Umlauf war. In

* Giorgio Agamben: *Mittel ohne Zweck*, Zürich 2001.

** Hannah Arendt: *Elemente und Ursprünge totaler Herrschaft*, München 1986, S. 563.

seinem Buch *Die Dreiundfünfzig* – einer Nacherzählung des Schicksals, das die Kreise um Erani im Gefängnis ereilte – schreibt Bozorg Alavi, dass er die Gefängnisbeamten mehrfach hatte sagen hören: »Das Recht kommt nicht durch die Gefängnistür.« Längst hatte das Recht dem Land den Rücken gekehrt.

Niemand fragte, aufgrund welcher Anschuldigungen oder für welche Verbrechen sie die Menschen in diesem Land ins Gefängnis stecken, wie dort mit ihnen umgesprungen wird oder wie viele Personen im Jahr in dieser Hölle an Hunger, Krankheit oder Folter sterben. Der Polizeiapparat und Reza Schah hatten der Gefängnisleitung nur eine Mission aufgetragen: Im Gefängnis sollte Ruhe herrschen und kein Insasse durfte mitbekommen, was außerhalb der Mauern vor sich ging. So sah sich die Gefängnisleitung genötigt, die Gefangenen gefügig und zahm zu machen. Sobald die Beamten es mit einer Persönlichkeit mit Rückgrat zu tun hatten, schickten sie sich an, dieses zu brechen. Doktor Erani gehörte zu der Gruppe von Häftlingen, die bis zuletzt Widerstand leisteten und von jeglichen Gnadengesuchen an das Regime absahen. Bozorg Alavi schreibt weiter: »Doktor Erani ist gegangen, sein temporäres Gefängnis steht noch an Ort und Stelle. Sollte jedoch einst der Tag kommen, da es in Iran ein Gefängnis gäbe, zu dem die Unschuldigen keinen Zutritt hätten und das für die Schuldigen kein Ort der Vergeltung, sondern der persönlichen und geistigen Entfaltung wäre, welcher Name wäre für ein solches Gefängnis wohl passender als Doktor-Erani-Gefängnis?«

Wieder tobt ein Schmerz in meiner Stirn, ich verlange nach einem Spiegel. Im Innenhof wende ich mich nach allen Seiten um. »Habe ich einen Kopf?« frage ich, wen auch immer ich zu fassen bekomme. Ist das Wahnsinn oder Dunkelheit, was da vorüberzieht? Vielleicht beides. Oder ein Wahnsinn, der nach der Dunkelheit für immer bleibt. Man bringt mir einen Spiegel. Ich sehe einen Schatten, dort wo mein Kopf sein sollte. Die Frau, der das Haus gehört, zu dem wir Zuflucht genommen haben, sagt mütterlich: »Draußen scheint sich die Lage beruhigt zu haben.« Der Mann fordert uns auf: »Wir müssen jetzt los, aber jeder in eine andere Richtung.« Ich nehme den Weg Richtung Enghelab. Während ich schnell an der Mauer entlanghaste, bin ich darauf bedacht, dass mir niemand noch einen Elektroschock verpasst. Die Ladenmeile im Enghelab-Viertel und die Gassen und Hintergassen im Umkreis der Universität Teheran kenne ich wie meine Westentasche. Trotz Dunkelheit gelingt es mir, zu entkommen. Hinter mir höre ich schnelle Schritte. Der Mann, der zunächst in die andere Richtung gelaufen war, ruft: »Lauf, lauf einfach!« Und mit dem letzten Rest an Kraft, der mir geblieben ist, laufe ich.

Es ist noch immer dunkel und je weiter ich mich dem Enghelab-Viertel nähere, desto mehr Schatten sehe ich hin- und herhasten. In den Märchen aus der Zeit der Renaissance heißt es, Blinde, die über eine innere Erkenntnis verfügten, hätten auch Einblick in unsere Träume. Im dunklen Wahn der Blindheit laufe ich durch diese Schreckensnacht und webe einen Traum: den Traum von einem Heimatland, in dem wir nicht länger Ausgestoßene und Exilierte sind. Und von einem Europa, das sich von der Last der faschistischen Vergehen befreit hat, indem es den Leiden seiner Opfer Rechnung trägt und einer Wiederholung der Geschichte vorgreift; ein Europa, das Flüchtlinge nicht länger von einem Exil ins nächste schickt.

Erzähl, warum du in Kanada lebst

Fatimah Abdulghafur Seyyah

Aus dem Englischen von Thomas Brückner

Ich heiße Osman Ahmatjan. In meiner Heimat, dem von China besetzten Ost-Turkestan, konnte ich nicht bleiben, weil ich mich gegen das Kolonialregime verwehrt habe, das dort die Kontrolle übernommen hatte. Aufgrund meiner Überzeugungen und meiner Handlungen war mein Leben in Gefahr und ich war ständig von Inhaftierung bedroht. Zweimal bin ich bereits 1994 verhaftet worden, weshalb ich beschloss, das Land zu verlassen und nach Syrien zu gehen.

Syrien wurde mir zur zweiten Heimat. Dort studierte ich und gründete eine Familie. Während ich in Syrien lebte, schrieb ich Texte, vor allem Gedichte. Und ich habe mich mit anderen intensiv in die Angelegenheiten meines Heimatlandes eingemischt. Das Zentrum unserer Aktivitäten lag in der Türkei, die finanzielle Unterstützung kam aus der uighurischen Gemeinde in Saudi-Arabien. In den 1990er Jahren übersetzte ich drei Bücher aus dem Uighurischen ins Arabische: eine Lyrik-Anthologie, einen Roman und einen Erzählband. Ich wandte mich mit der Bitte um Unterstützung bei ihrer Veröffentlichung an Rahmatullah, einen wichtigen Uighuren in Saudi-Arabien. Er antwortete mit dem Vorschlag zur Gründung einer Zeitschrift in Arabisch und lud mich nach Saudi-Arabien ein, um an diesem Projekt mitzuarbeiten. Die Zeitschrift erhielt den Titel *The Voice of East-Turkestan* und wandte sich an arabischsprachige Leser, um ihnen die uighurische Heimat vorzustellen.

Sie informierte über Themen wie Kolonisation, Kultur, Kunst und Literatur und stellte die Geschichte des uighurischen Volkes und Ost-Turkestans vor.

Im Jahr 2000 ging ich nach Saudi-Arabien, um offiziell Herausgeber und Hauptübersetzer dieser Zeitschrift zu werden. Bereits sieben Monate später konnte die erste Ausgabe erfolgreich veröffentlicht werden. Die zweite Ausgabe hingegen, die fertig vorbereitet worden war, wurde nie veröffentlicht. Mein Editorial »Die langlebigste Kolonie des modernen Zeitalters – Ost-Turkestan« aus der ersten Ausgabe erlangte große Bedeutung, weil es sich eingehend mit der chinesischen Kolonisierung Ost-Turkestans auseinandersetzte, einem Thema, das nicht nur für die saudi-arabischen Leser neu war, sondern für die gesamte arabischsprachige muslimische Gemeinschaft auf der Welt. Davor waren die meisten Menschen sich zwar der religiösen Unterdrückung bewusst, unter der die Uighuren seit der chinesischen Herrschaft leiden, aber von der eigentlichen Ursache – der Kolonisierung Ost-Turkestans – besaßen sie kein vollständiges Bild. Das Editorial verfolgte das Ziel, diese Ursache kritisch zu beleuchten. Das chinesische Regime sah darin eine Bedrohung, weil es seine Kontrolle über das Narrativ der Geschichte des uighurischen Volkes und die Tragödie seiner Heimat auf der Weltbühne herausgefordert sah.

Rahmatullah beendete plötzlich meine Anstellung, ohne triftige Gründe anzuführen. Er sprach lediglich von geheimnisvollen »unsichtbaren Kräften«, die am Werk seien. Ich hatte damals keine Ahnung, dass das erst der Beginn des Wirkens der »unsichtbaren Kräfte« war, die mein Leben fortan bestimmen sollten. Dieses Ereignis markierte den Moment, in dem die chinesischen Geheimdienste begannen, mir ihre ungeteilte Aufmerksamkeit zu widmen. Ich sah mich daraufhin veranlasst, 2001 nach Syrien zurückzukehren. Dort blieb ich, bis ich 2004 gezwungen wurde, das Land erneut zu verlassen.

Um den Zusammenhang verständlich zu machen, muss ich ein wenig zurückgehen. Der syrische Präsident Bashar al-Assad plante Mitte 2003 einen Besuch in China. Während der protokollarischen Vorbereitungen des Besuchs muss das chinesische Regime der syrischen Regierung gegenüber meine Anwesenheit in Syrien erwähnt haben. Es ist gut möglich, dass mein Schicksal damit besiegelt wurde. Im Januar 2004 bestellte man mich jedenfalls zum Verhör in die Einwanderungsbehörde. Man wies mich an, Syrien innerhalb von nur vier Tagen zu verlassen. Diese Entscheidung begründeten sie nicht.

Weil ich hartnäckig nachfragte, gab man schließlich zu, dass diese Maßnahme auf das nationale Sicherheitsbüro Syriens zurückging. Ich war schon in der Vergangenheit zu Treffen in die Einwanderungsbehörde bestellt worden, da Syrien eine strenge Kontrolle über seine ausländische Bevölkerung ausübte. Ich hatte mich nie illegaler Aktivitäten schuldig gemacht oder irgendwelche Absichten gegen die syrische Regierung gehegt. Die Rigorosität dieser Anordnung verwirrte mich, da ich mir nicht vorstellen konnte, dass ein legitimer Grund dahinterstand.

Die Plötzlichkeit meiner Abschiebung verführte manch einen zu der Spekulation, dass man einen ausländischen Spion in mir sah, der gegen Syrien arbeitete. Das verstärkte das Mysterium um die »unsichtbaren Kräfte«. Für meine syrische Frau war die Situation höchst schwierig. Die Nachricht zerriss unsere Herzen, weil sie bedeutete, dass meine Frau und meine beiden Töchtern, die chinesische Staatsbürgerinnen waren, von ihrem Vater getrennt wurden, der einem ungewissen Schicksal entgegensah. Ich besaß lediglich einen chinesischen Pass, da mir, obwohl ich ja seit längerer Zeit in Syrien lebte, kein Bleiberecht zugestanden worden war. Meine Duldung wurde durch die Aufforderung, Syrien zu verlassen, ebenfalls widerrufen.

Da sie keine Regierungsbehörde ausmachen konnte, bei der sich Widerspruch gegen die Entscheidung einlegen ließ, erzählte meine Frau einem libanesischen Journalisten von unserer Zwangslage. Sie verkündete, umgehend die Scheidung einzureichen, sollte sich beweisen lassen, dass ihr ausländischer Ehemann ein anti-syrischer Spion sei. Leider wurden ihre Anfragen von keiner Behörde je beantwortet.

Meiner Frau gelang es, den Termin für die Abschiebung um zwei Wochen zu verschieben. In dieser Zeit interviewte mich die BBC und fragte, warum ich mir in Syrien keinen Rechtsbeistand gesucht hätte. Ich erklärte, dass das syrische Rechtssystem unter dem Einfluss des Regimes agiere, und Regierungsentscheidungen typischerweise nicht in Frage gestellt wurden.

Mir wurde sowohl in Syrien als auch weltweit beachtliche Aufmerksamkeit zuteil, hauptsächlich aufgrund der Tatsache, dass ich arabisch schrieb und meine Arbeiten in den arabischen Mainstreammedien veröffentlicht wurden. Darüber hinaus sah man in mir einen der sechs modernen Dichter der arabischen Welt und eine Schlüsselfigur in deren zweiter Modernismus-Bewegung. In dem Maße, in dem meine Stimme bekannt wurde und an Einfluss gewann, wurde es zunehmend offensichtlich, dass ich eine beständige Bedrohung für das chinesische Regime darstellte. Das Narrativ, das ich über unsere Heimat und die Menschen vermittelte, besaß das Potential, ein weltweites Publikum zu erreichen, was es für das Regime noch gefährlicher machte. Die Nachricht von meiner Abschiebung verbreitete sich schnell und fand bei arabischen Intellektuellen weltweit starke Resonanz. Über 200 von ihnen, darunter der berühmte syrisch-libanesische Dichter Adonis, unterschrieben eine Petition, die die syrische Regierung drängte, die Entscheidung zu überdenken.

Als ich 1982 nach Syrien kam, gehörte ich zu den fünf Studenten, die vom chinesischen Bildungsministerium ein Stipendium erhalten hatten, um Arabisch und Literatur zu studieren. Unsere künftige Funktion sollte darin bestehen, in arabischsprachigen Ländern in chinesischen Konsulaten zu arbeiten.

Davor war ich Literaturstudent im ersten Semester an der »East Turkestan National University« gewesen, auch bekannt unter ihrem kolonialen Namen »Xinjiang University«. Ich habe immer fest an das Vermögen der Literatur geglaubt, die Menschen aus ihrem Tiefschlaf zu wecken und ihnen zu helfen, die Wirklichkeit um sie herum wahrzunehmen. Mein Vater, der in Ost-Turkestan Manager im Kohlebergbau war, spielte eine bedeutende Rolle dabei, meine Liebe zur Literatur zu formen und in mir den festen Glauben an ihre Stärke zu wecken.

Das uighurische Volk musste von den unterdrückenden Kräften der chinesischen Kolonisation befreit werden, die einen Schatten über jeden Aspekt unseres Lebens geworfen hatte. Das schloss die von der Regierung kontrollierte Bildung und Kultur ein, unser Geschichtsbewusstsein ebenso wie die Fähigkeit zu kritischem Denken. All diese Aspekte wurden durch das Narrativ der Assimilation und des kulturellen Völkermords geformt und manipuliert, das die Kolonisatoren verbreiteten. Diese Situation brachte uns in einen Zustand der Unwissenheit über unsere Lage. Wegen dieser verzerrten Sicht waren wir nicht fähig, die Wahrheit hinter dem Narrativ der Kolonisatoren zu erkennen. Mein

Ziel war es, mit Hilfe der Literatur die Realität unserer Notlage zu erhellen und meinem Volk zu helfen, sich aus dieser Dunkelheit zu befreien.

Als ich in Syrien an der Universität Damaskus arabische Literatur zu studieren begann, widmete sich ein Kurs der prä-islamischen arabischen Literatur. Ich kann mich noch gut an meine Gefühle und Gedanken in diesem Kurs erinnern, weil er mich in eine Geschichte einführte, die über 1.500 Jahre umfasste. Langsam wurde mir klar, wie wichtig es war, eine unabhängige Nation zu sein, die ihre Geschichte und Kultur auf eigene und systematische Art und Weise vermitteln kann. Das stand in deutlichem Kontrast zu unserer Lage als kolonisierte Nation, weil sich unsere Bildung auf die Gegenwart beschränkte und ein historischer Kontext komplett fehlte. Es war, als hätten wir keine Vergangenheit oder kollektive Erinnerung an unsere Geschichte.

Mein Verständnis für die Bedeutung der Unabhängigkeit setzte in jungen Jahren ein. Ich gehörte zu den besten Schülern an der Experimental High School in Urumchi, die den begabtesten Schülern in Ost-Turkestan eine bessere Bildung vermitteln sollte. Obwohl ich Naturwissenschaften mochte, war es immer mein Ziel, meinen Beitrag zur Befreiung des Volkes von allen Formen der Unterdrückung zu leisten. In diesem Zusammenhang fällt mir eine lebhafte Kindheitserinnerung ein. Ich war elf oder zwölf, als mein Vater mich auf einen Friedhof mitnahm. Er zeigte auf die Namen an den Gräbern. Sie lauteten Ahmatjan Qasimi und Abdukerim Abbasov, und er sagte zu mir: »Mein Sohn, sie gehörten zu den mutigsten Personen und haben sich für die Befreiung ihres Volkes geopfert. Bis zum heutigen Tag erinnern wir uns an sie und ehren sie, besuchen ihre Grabstellen auch nach ihrem Tod.«

Dieser Augenblick machte großen Eindruck auf mich. Ich empfand eine Art Stolz, das einzigartige Gefühl, das entsteht, wenn man an andere denkt und sich für sie einsetzt. In meiner jugendlichen Vorstellung begriff ich, dass diese Menschen unseren Respekt und häufige Besuche verdienten, auch wenn sie keine Blutsverwandten waren, weil sie unserem Volk das größtmögliche Opfer gebracht hatten.

Mein Vater war von der Wiederherstellung der Unabhängigkeit und Freiheit unseres Volkes überzeugt und trat entschlossen dafür ein. 1966, während der chinesischen Kulturrevolution, wurde er verhaftet, und die Roten Garden zerstörten alle Bilder an unserer Wohnzimmerwand. Darunter befanden sich auch Bilder von Ahmatjan Qasimi und Abdukerim Abbasov, 1944 Führer der Regierung der Zweiten Republik Ost-Turkestans und der nationalen Befreiungsarmee. Selbst die Ermordung unserer Führer durch das chinesische Regime und der nachfolgende Untergang der Zweiten Republik Ost-Turkestans konnten seine Entschlossenheit nicht erschüttern. Diese Personen repräsentierten seine unerschütterliche Hingabe an unsere Sache.

Ich war noch ein Kleinkind, als mein Vater verhaftet wurde. Meine Mutter und andere Familienälteste erzählten mir später die Geschichte. Er wurde wegen des Verbrechens von »Beziehungen ins Ausland« verurteilt, weil die Roten Garden in unserem Zuhause Pässe der Sowjetrepublik Kasachstan gefunden hatten. Diese Pässe gehörten meiner Mutter und den Geschwistern. Ein Freund meines Vaters, der 1962 in die Sowjetunion geflüchtet war, um der verbreiteten Verfolgung uighurischer Intellektueller durch das chinesische Regime zu entkommen, hatte sie uns geschickt. Er drängte ihn, aus Ost-Turkestan fortzugehen, weil er die Gefahr erkannte, in der mein Vater auf

Grund seines Patriotismus schwebte. Unglücklicherweise zögerte meine Mutter, ihre Eltern und Verwandten zu verlassen, und so blieb unsere Familie in Ost-Turkestan. Während der Kulturrevolution wurde jede Verbindung zu anderen Staaten für illegal erklärt und mein Vater zu sechs Jahren schwerer Zwangsarbeit verurteilt. Als er entlassen wurde, konnte er wegen seiner Verletzungen an Rücken und Beinen nicht mehr richtig laufen.

Ich wurde nach dem Führer unserer Nation, Ahmatjan Qasimi, benannt, weil ich der einzige Sohn war und die Hoffnung unserer Nation repräsentierte. Vater erzählte mir nach seiner Entlassung vielerlei Geschichten, die ich in den Mainstreammedien Ost-Turkestans nie fand. Als ich noch als Kind anfing, Gedichte zu schreiben, stellte mich mein Stiefbruder in Urumchi einem renommierten Schriftsteller und Dichter vor: Ablikim Baqi. Durch ihn und sein Netzwerk tauchte ich tiefer in unsere Geschichte ein, erkannte die systematische Unterdrückung, verstand unser Ziel der Befreiung unseres Volkes und wie an diesem unter den Bedingungen des unterdrückerischen Systems verdeckt gearbeitet wurde.

Als ich vierzehn Jahre alt war, verfasste ich ein Rubai*:

»Hoch ragen die Milliarden Etagen,
und nur der Stein ist Fundament?
Nein, der Stein von Al – Ti – Ku, Jung – Ta, wenn ihr nur wüsstet,
er ist das Fundament.«

* Rubai – pl. Rubaiyat, Gedichtform vor allem der persischen Literatur, die bis ins 11. Jahrhundert zurückreicht, Vierzeiler, traditionelles Reimschema zumeist aaba (seltener aaaa), mit der dritten Zeile als neuem Gedanken und der vierten als Zusammenfassung.

In diesem Rubai verwendete ich das Wort »Milliarden«, um die riesige Bevölkerung des schnell wachsenden chinesischen Regimes zu symbolisieren. Ich bezweifelte, dass die Menschen die Basis für diese Entwicklung hinterfragten und hob hervor, dass die zahllosen natürlichen Ressourcen im besetzten Ost-Turkestan die Grundlage für die wirtschaftlichen Aktivitäten des Regimes bildeten. »Alt – Ti – Ku« und »Jung – Ta« sind Abkürzungen und repräsentieren die geographische Beschaffenheit Ost-Turkestans mit Altai, Tien Shan und Kunlun als Gebirgen sowie den Becken von Junggar und Tarim.

In Syrien ging meine dichterische Reise weiter und öffnete neue Türen zur Welt, während ich an der Universität Damaskus meine Abschlüsse in arabischer Literatur machte. Mein Fokus lag inzwischen auf der Menschheit insgesamt, auch wenn ich das Leiden meines Volkes immer im Hinterkopf hatte. Ich veröffentlichte viele einzelne Gedichte in Arabisch, Essays und zwei Gedichtsammlungen.

Der erste Gedichtband trug den Titel *The Second Fall* und bezog sich auf den »ersten Fall« – den des Adams aus dem Paradies nach der Erbsünde, bei der vom Baum der Erkenntnis zu kosten versuchte. Ich fasste das Fehlen metaphysischen Wissens bei modernen Menschen als »zweiten Fall« und parallelisierte damit eine weitere Spielart der Sünde. Die Arbeiten des Aristoteles, vor allem Physik und Metaphysik, übten einen großen Einfluss auf mich aus, als ich über das Wesen des modernen Lebens nachdachte. Ich beobachtete, dass die Menschen dazu tendierten, die physischen Aspekte des Lebens zu betonen und die metaphysische Dimension zu vernachlässigen. Fortan dachte ich das Metaphysische als das Wesentliche, die physischen Erscheinungen dienten dem menschlichen Bewusstsein dabei nur als Hülle.

In meinem Buch kritisierte ich die Grenzen des konventionellen Denkens und zeigte eine Alternative auf – die Dimension des unbegrenzten oder unendlichen Denkens. Mein zweites Buch mit dem Titel *The Secrets of Wedding* beinhaltete kompliziertere und zugleich klarere Gedichte, die sich mit der Natur der Unendlichkeit und ihren verschiedenen Manifestationen auseinandersetzten. Diese Gedichte richteten die Aufmerksamkeit auf das unbegrenzte Potential der menschlichen Seele.

Bis heute sind diese beiden Bücher das Fundament meiner Lyrik. Ich schreibe über die Integration aller Welten, der Literatur, Physik und Mathematik, der Spiritualität und Religion und vieler weiterer. Mein Ziel besteht darin hervorzuheben, dass in jedem von uns das Wesen des Universums angelegt ist. Erkennen wir diese Kraft in uns, kann uns das von allem Leid befreien.

Nachdem ich mein Studium abgeschlossen hatte, kehrte ich nach Ost-Turkestan zurück, um meinem Land zu dienen. Ich wusste um die Gefahren wie auch den möglichen Lohn, die es mit sich brachte, wenn man sich in Übersee oder in der Heimat für unsere Sache einsetzte. Während der Aktivismus außerhalb Ost-Turkestans zum Ziel hatte, ein Bewusstsein für die Lage in der Region zu erzeugen, gab es im Land selbst keinerlei legislative Möglichkeiten zur Unterstützung der nationalen Befreiung. Angesichts der Herausforderung, konkrete Resultate zu erreichen, richtete der uighurische Aktivismus sein Augenmerk auf etwas anderes. Diese Neuausrichtung verlagerte den Schwerpunkt vom Kampf zur Wiedererlangung der nationalen Unabhängigkeit darauf, Aufmerksamkeit für Menschenrechtsverletzungen zu erlangen. Viele Aktivisten hatten begonnen, die

Kolonisierung hinzunehmen und betrachteten sich zunehmend als »ethnische Minderheit in China«. Dadurch wandelten sie die nationale Bewegung in eine ethnische Bewegung. Ich war überzeugt, dass nur diejenigen sich von einem unterdrückerischen Regime befreien konnten, die innerhalb einer Nation wirkten, während die Welt draußen moralische und finanzielle Unterstützung beitragen konnte.

Ich kehrte mit der Hoffnung nach Ost-Turkestan zurück, Arbeit zu finden und gleichzeitig mein Ziel der nationalen Befreiung zu verfolgen und dem Volk Mut zu machen. Wie viele andere Patrioten in Ost-Turkestan wollte ich verdeckt agieren und dem Volk symbolisierte Botschaften senden. Unglücklicherweise hatte ich Schwierigkeiten, Arbeit zu finden. Die uighurischen Literaturzeitschriften stellten mich nicht ein, weil sie Regierungsorgane waren. Man versprach mir eine Stelle als Dozent für östliche Literatur an der Universität, aber auch sie durften mich nicht beschäftigen.

Ich versuchte, mein persönliches Netzwerk zu nutzen, einschließlich der Führer der Kommunistischen Partei Chinas in Ost-Turkestan, die ich aus meiner Zeit in Syrien kannte. Diese einflussreichen Personen hatten die Macht, Leuten Jobs zu verschaffen, aber auch sie konnten mir keine Stelle anbieten. Die »unsichtbare Kraft« der Nationalen Sicherheitsbehörde Chinas steckte hinter allem, denn sie hatte meine Personalakte eingezogen und weigerte sich, sie einem Personalbüro zur Verfügung zu stellen. Das war eine Art Vergeltung für meine Begegnung mit Leuten wie Isa Yusuf Alptekin, dem Anführer der Ost-Turkestan-Bewegung, den ich während meines Studiums in Syrien in der Türkei getroffen hatte. Die Nationale Sicherheitsbehörde China erfuhr über ihre ausländischen Informanten von meinem Besuch und überwachte mich nach meiner Rückkehr engmaschig. Als »Willkommensgruß« bestrafte man mich, indem man mich arbeitslos machte.

Nur Rabiye Qadir, die über meinen biographischen Hintergrund Bescheid wusste, bot mir eine Arbeit an. Ich war nicht einfach nur Dichter, sondern in den 1980er Jahren auch Begründer der uighurischen Bewegung für Neue Poesie und hatte in Ost-Turkestan zahlreiche Gedichte veröffentlicht. Man kannte meinen Namen in jedem Haushalt. Besonders in den Zirkeln der Reichen, Mächtigen und Intellektuellen in Ost-Turkestan hatte er Aufmerksamkeit erregt. Rabiye gehörte zu den wohlhabenden Geschäftsleuten in der Gegend und stellte mich als Geschäftsführer in ihrem privaten Unternehmen Eqide an. Diese Aufgabe stand in keinerlei Beziehung zu meinem bisherigen beruflichen Werdegang. Zudem fehlte mir jegliche Erfahrung, aber ich ergriff die Gelegenheit mit Dankbarkeit und verwandelte mich in einen Geschäftsmann.

Doch selbst auf diese Weise konnte ich nicht in meinem Heimatland bleiben. Aus den vielen Gründen dafür sticht einer hervor: In den 1990er Jahren führte ich in Beijing, der Hauptstadt Chinas, ein Restaurant. Eines Tages suchte ein junger Mann aus Xinha, einem Bezirk in Ost-Turkestan, Zuflucht in meinem Restaurant. Er war Anführer einer bewaffneten Widerstandsgruppe in Ost-Turkestan und auf der Flucht vor der Polizei. Der Plan, eine Polizeiwache vor Ort anzugreifen, war verraten worden. Das zwang ihn zur Flucht, um wenigstens sein Leben zu retten. Ich versuchte, ihm zu helfen, China auf sicherem Wege zu verlassen. In der Zeit, in der wir daran arbeiteten, verließ er eines Tages das Haus, um etwas einzukaufen, kam aber nie zurück. Später fand ich heraus, dass er verhaftet und zu einer lebenslangen

Freiheitsstrafe verurteilt worden war. Nach seinem Verschwinden tauchte der stellvertretende Anführer derselben Organisation bei mir auf. Ich riet ihm eindringlich, nicht ins Restaurant zu kommen, weil es nach dem Besuch seines Genossen unter Beobachtung stehe. Er schaffte es, aus China nach Deutschland zu fliehen. Allein diese zwei Besuche machten mich in den Augen des chinesischen Regimes zu einem gebrandmarkten Individuum, weil ich mit einer bewaffneten Widerstandsgruppe »verbunden« war.

Darüber hinaus half ich 1994 Dolkun Isa, dem Präsidenten des World Uighur Congress, bei seiner Flucht in die Türkei. Im selben Jahr und nach diesen drei Vorfällen wurde ich zweimal verhaftet. Die erste Verhaftung ereignete sich in Aksu in Ost-Turkestan, wo ich einen Monat lang ohne Anklage inhaftiert wurde und physische wie psychische Folter ertragen musste. Ich wurde in Einzelhaft gesteckt und langen Verhören unterzogen. Die Polizei untersuchte meine Verbindung zu Dolkun Isa, konnte aber kein Fehlverhalten meinerseits feststellen, was schließlich zu meiner Freilassung führte.

Kurz nach meiner Freilassung wurde ich in Beijing ein weiteres Mal verhaftet, diesmal aus angeblich finanziellen Gründen. Ich wurde in das Gefängnis in Urumchi zurückgeschickt. Dort erlitt ich zwei Monate lang erneut dieselben Torturen. Beide Male zweifelte ich ernsthaft daran, ob ich dort lebendig wieder herauskommen würde. Aber schließlich wurde ich entlassen und stand vor einer schwierigen Entscheidung: zu leben oder zu gehen. Ich entschied mich zu gehen – eine Entscheidung, die mit großen Schwierigkeiten verbunden war.

Für diese Schwierigkeiten war das Regime verantwortlich, vor allem weil es meinen Pass eingezogen hatte. Meine Frau war 1994 mit den Töchtern nach Syrien ausgereist, und das benutzte ich als Ausrede. Ich gab dem Regime das Versprechen, nach Syrien zu reisen, um meine Familie nach Ost-Turkestan zurückzuholen, und versicherte, nie wieder fortzugehen. Sie nahmen mir die Geschichte ab und gaben meinen Pass frei.

Eine weitere Schwierigkeit bestand in der emotionalen Last, meinem Heimatland den Rücken zu kehren, meinem Volk und dem lebenslangen Ziel, für seine Befreiung zu wirken. Ich war gezwungen zu gehen, obwohl ich leidenschaftlich glaubte, meinem Land nur effektiv dienen zu können, wenn ich blieb.

Nachdem ich 2004 den Abschiebeschluss der syrischen Regierung erhalten hatte, wurde mein begrenzter Bleibetitel eingezogen und ich sah mich außerstande, um ein Visum für ein anderes Land nachzusuchen. Auf der Suche nach Unterstützung wandte ich mich an Radio Free Asia, für das ich in dieser Zeit als freiberuflicher Journalist arbeitete. Dolkun Kamberi, der Leiter der uighurischen Abteilung, nutzte seine persönlichen Beziehungen zum US-Kongress, mir ein 15-Tage-Besuchsvisum für die Türkei zu besorgen. Sofort nach meiner Ankunft in Ankara im Januar 2004 bat ich beim UNHCR um Asyl. Eine Befragung wurde auf den 20. März angesetzt.

Dennoch erhielt ich die Anweisung – diesmal vom türkischen Innenministerium –, das Land innerhalb von 15 Tagen zu verlassen. Diese Entwicklung schockierte die türkische Uighuren-Gemeinschaft und ließ in mir wieder das Gefühl der bedrohlichen Allgegenwart jener »unsichtbaren Kraft« aufkommen. Verließ ich die Türkei nicht in der vorgegebenen Zeit, machte mich das zu einem illegalen Bewohner und zum Gegenstand potentieller Abschiebung sowie der Orchestrierung meiner Verhaftung in China.

Als Reaktion wandte ich mich an das Londoner Büro von Amnesty International. Sie beauftragten einen türkischen Rechtsanwalt für Einwanderung, mich zu vertreten, vor allem, falls ich »verschwinden« sollte. Der Rechtsanwalt kontaktierte das UNHCR und drängte auf eine zeitnahe Befragung. Andere Menschenrechtsorganisationen, zu denen auch Human Rights Watch gehörte, schlossen sich an – ich befand mich in der ernsten Gefahr, nach China abgeschoben zu werden – ein Szenario, das meine dauerhafte Entfernung aus dieser Welt zur Folge haben würde.

Im Ergebnis dieser Bemühungen kam es noch im März zu einer Befragung durch das UNHCR, und nur neun Tage danach wurde mir der Status als politischer Flüchtling zuerkannt. Nachfolgend lud Kanada mich und meine Familie ein, wo wir im Oktober 2004 eintrafen. Seither lebe ich hier sicher in meiner zweiten Heimat. Meine erste Heimat Ost-Turkestan lebt für immer in mir fort.

Klein Gefahr Still Lauf

Levi Vonk

Aus dem Englischen von Thomas Brückner

Bevor er über die Grenze ging, bevor seine Mutter sich mit dem hässlichen Mann in Kansas einließ, bevor er in der Schule mit dem Gewichtheben anfing, um sich gegen die maisgefütterten Rotnacken wehren zu können und bevor er abhaute, um in einer Autowerkstatt irgendwo in Kalifornien zu schrauben, bat mich Rafael, ihm Englisch beizubringen.

Rafael war noch zu jung, um die sich jahrelang hinziehenden Asylanhörungen zu verstehen, und was seine Mutter zu tun hatte, um ihnen in der Zwischenzeit ein Dach über dem Kopf zu verschaffen. Aber er hatte gehört, dass die US-Regierung von ihm verlangen würde, eine Schule zu besuchen. Vorher, in Guatemala, war er immer Klassenbester gewesen und hatte nicht vor, diesen Titel kampflos an die Gringos abzugeben, nur weil sie eine Sprache sprachen, die er noch nicht beherrschte. Also, sagte er mir, gehe es darum, fließend Englisch zu sprechen, bevor er, seine Mutter und seine beiden älteren Geschwister über die Grenze gingen. Was, wenn alles nach Plan lief, Ende des Monats der Fall sein würde.

Ich sah mich um und fragte, was er zuerst lernen wollen. Wir stapften an einer Schnellstraße entlang, die durch Ödland führte – Gestrüpp und Staub und eine farblose Sonne.

Rafael schaute über das Land und zeigte auf ein sonnverbranntes, skelettartiges Objekt, das mir nicht aufgefallen war.

»Tree«, sagte ich
»Tree«, wiederholte er.

*

Ich bezweifle, dass Rafael sich daran erinnert. Seit der kurzen Zeit, die wir miteinander verbrachten, habe ich unzählige andere Migrantenkinder aufwachsen und ihre Reise vergessen sehen. Oder sie erinnern sich nur an Bruchstücke: den Geruch eines Integrationshauses, den Schnurrbart eines Fremden, den Namen einer Stadt, die sie passierten, aber auf der Landkarte nicht mehr zeigen können.

Rafael war eins der ersten Migrantenkinder, denen ich begegnete. Sein Gedächtnis war tadellos, und seine Lust auf Englisch nahezu beunruhigend. Wie konnte ein Neunjähriger bereits begriffen haben, fragte ich mich, dass er sich, wenn er diese gewalttätige neue Welt verstehen wollte – ein Chaos, in das der Zufall ihn geworfen hatte, ohne ihm ausreichend Zeit zu geben, seine Tasche zu packen –, eine neue Sprache aneignen musste? Wenn so ein Kind dich um Hilfe bittet, wirst du unruhig. Du hinterfragst deine Autorität. Tief im Herzen weißt du, dass dem Schüler ein unzulänglicher Lehrer zugewiesen worden ist.

Am Morgen unseres zweiten Unterrichtstages schüttelte Rafael mich, damit ich aufwachte. »Levi, *hello. Hello*, Levi. *Hello*. Levi, levátantate. Levi te dije *hello*.«

»Hello«, antwortete ich ihm.

»Levi, sieh mal, *tree*«, sagte er und zeigte durch das Gitter vor dem Fenster der Flüchtlingsunterkunft. Dann ratterte er alle anderen Wörter herunter, die wir am Tag zuvor geübt hatten: Cow. Road. Car. Truck. Sun. Shoes. Mom. Me. You. Friend. Yes. No. One-two-tree-four five.«

»Three«, korrigierte ich.

»Häh?«

»Es wird *three* ausgesprochen. *Th-th-th-three.*«

»Nein«, erwiderte er empört, »du hast *tree* gesagt, Levi. Gestern hast du mir *tree* beigebracht. Ich weiß es genau.«

»Ja«, antwortete ich. »Aber *tree* und *three* sind zwei verschiedene Wörter. *Arbol* und *tres.* Verstehst du? Sprich mir nach: *tree, three, tree, three, tree, three.*

»*Tree, three*«, wiederholte er.

»Gut«, lobte ich ihn.

»*Three tree?*«, fragte er.

»*Three treesssss*«, betonte ich. *Tres arbolessss.* Das ist die Mehrzahl. Sieh: *Me. You. Friendssss.*

Der übrige Tag verging damit, dass wir die Welt katalogisierten, der wir uns gegenübersahen. Es war leicht, den Dingen in dem Augenblick Namen zu geben, in dem wir sie sahen, alles, was in unser Blickfeld geriet, in seine eigene kleine sprachliche Schachtel zu packen. Das gab uns für den Moment die Illusion, dass alles, was bestand, auch ausgesprochen werden konnte. Wir entdeckten mehr als drei Bäume und lernten *six-seven-eight-nine-ten.*

»Seven trees«, sagte Rafael und zeigte auf ein vertrocknetes Gestrüpp am Straßenrand.

»Seven trees«, bestätigte ich. Alles war neu, und alles konnte mit Namen bestimmt werden. Wir bauten einen Rhythmus auf. Wir lernten *water* und *thirsty* und *drink*, unser erstes Verb. Dann lernten wir *cold*, wie in *cold water*, was notwendig *hot* zur Folge hatte.

»Hot«, sagte Rafael und zeigte auf die Hitze, die flirrend über dem schwarzen Straßenbelag hing.

»Heiß«, sagte ich. »Nicht cold.«

Viele Wörter kamen als Paare zu uns. Yes. No. Dog. Cat. Brother. Sister. White. Black. Asleep. Awake. Alive. Dead.

Durch Rafaels Augen begann ich eine Welt zu entdecken, über die ich ansonsten hinwegsah. Feather. Cactus. Shoelace. Trash. Gravel. Thread. Tin can. Tuna. Tuna fish. Tin can of tuna fish. Glass. Bottle. Sharp. Cut. Rafael zeigte auf eine Wolke und meinte, sie sehe aus wie eine Pato (Ente), und so lernten wir das Wort *duck*. Seltsam, dachte ich, etwas zu benennen, das es gar nicht gab. So stellte ich klar, um Verwirrung zu vermeiden, dass das, was wir sahen, in Wirklichkeit eine Wolke war. Obwohl es wie eine Ente aussah, war es keine richtige Ente.

Rafael sah mich an, als wäre ich verrückt. »Claro«, sagte er. Das war – natürlich – wieder ein Wort, das ich ihm anschließend auf Englisch beibrachte. Etwas später fragte er, wie man papá sagte.

»Dad«, antwortete ich.

»Dad«, sprach er nach.

Wir gingen noch ein Stück. Ein Windstoß trieb Müll und Unrat die Straße herunter, stach uns in Haut und Augen, und wir lernten das Wort *wind*. Als wir später an mehreren Palmen vorüberkamen, blinzelte Rafael zu ihnen hinüber und sagte: »Wind.«

»Nein«, erwiderte ich. »Das Wort kennst du schon. Trees.«

»Nein, Levi«, gab er zurück. »Wind. Das, was sie bewegt.«

Zehn Schritte hinter uns beobachtete Rafaels Mutter uns schweigend. Sie sah, wie Rafaels Aufregung mit jedem Wort wuchs, das er sich aneignete. Dog. Woof. Cat Meow. Head-shoulders-knees-and-toes-knees-and-toes. Natürlich verstand sie nicht, was wir sagten. Weil sie aber so mit ihren anderen zwei Kindern beschäftigt war – vor allem mit dem jugendlichen Mario, der immer wieder ausbüxte und bei erwachsenen Männern rumhing –, schien sie sich damit zu begnügen, dass unsere Englischstunden endlos dauerten. Wenigstens war es eine kostenlose Kinderbetreuung.

Rafaels Vater war gestorben. Vor einigen Jahren hatte man ihn erstochen, während er als Farmarbeiter in Minnesota arbeitete. Das war »ein seltsames Ereignis«, erzählte mir Rafaels Mutter eines Abends, nachdem sie ihn und seine zwölfjährige Schwester Rachel ins Bett gebracht hatte. Wo Mario steckte, wusste ich nicht.

Es hatte etwas von »zur falschen Zeit am falschen Ort«, erklärte Elizabeth. Ein Mann, mit Meth, Crack oder etwas anderem zugedröhnt, war in die Gemeinschaftsunterkunft der Farmarbeiter eingebrochen. Während seines Geständnisses erklärte der verhinderte Räuber der Polizei, er habe gedacht, das Haus sei leer und alle wären schon bei ihrer Tagesarbeit auf den Feldern. Rafaels Vater hatte jedoch am Abend zuvor bis spät in die Nacht gearbeitet und sich den Vormittag freigenommen, um auszuschlafen. Als die Tür eingetreten wurde, wachte er auf. Dem Polizeibericht zufolge kam es zu einem Kampf, bei dem schließlich das Messer gezogen wurde. Rafael war nur wenige Monate zuvor geboren worden.

»Nachdem er gestorben war, schwor ich mir, nie wieder einen Fuß in dieses Land zu setzen«, sagte sie. »Aber nun ist alles anders.«

Elizabeth hatte die Schule bis zur dritten Klasse besucht. Ihr Mann war noch eher abgegangen. Als Elizabeth mit Mario schwanger war, siedelte er zum ersten Mal in die Vereinigten Staaten über. Damals war es noch relativ leicht, über die Grenze zu kommen. Einige Jahre arbeitete er im Norden und schickte Geld nach Hause. Als er schließlich nach Guatemala zurückkehrte, wurde Elizabeth erneut schwanger, und er brach erneut auf. Bei seinem dritten Aufenthalt wurde er getötet. Sie hatten gerade genug Geld gespart, um sich eine Wohnung in Guatemala City kaufen zu können. Es war keine besonders schöne Wohnung, und sie lag auch in keinem besonders attraktiven Stadtteil, doch für sie war es wie der Fahrschein zu einem Leben der guatemaltekischen Mittelklasse. Der Besitz eines Heims bedeutete, dass Elizabeth und die Kinder sich auch ohne ihren Mann durchwursteln konnten.

Aber dann klopften eines Tages die Gangs an. Es spielte keine Rolle, ob die Wohnung ihnen gehörte oder nicht, sie schuldete ihnen ab sofort Miete. Zahlte sie nicht jeden Monat, »würden sie ihr den Kopf abschneiden und ihn an einer Brücke aufhängen, damit die Kinder ihn auf dem Schulweg sähen.« Und dann nannten sie ihr Rafaels Schule und die Buslinie, die er jeden Tag nahm, um ihr zu beweisen, dass es kein Bluff war. Deshalb seien sie jetzt in Mexiko, erklärte Elizabeth. Das wäre der Grund, warum sie sich der Karawane angeschlossen hätten. In Guatemala hatten sie alles zurückgelassen.

Ich fragte, was aus der Wohnung geworden sei. »Das weiß ich nicht«, antwortete sie. Es sei nicht ungewöhnlich, dass die Gangs, sobald sie erkannten, dass ihre Opfer aus dem Land geflohen waren, sich selbst in den verlassenen Wohnungen einnisteten. Es wäre ziemlich wahrscheinlich, dass die Wohnung, für die ihr Mann gearbeitet hatte und gestorben war, nun für immer verloren war.

»Rafael habe ich das noch nicht gesagt«, meinte sie.

»Das mit der Wohnung?«, fragte ich nach.

»Nein, über seinen Vater. Er weiß natürlich, dass er tot ist. Aber ich habe ihm nie gesagt, dass er ermordet wurde.«

»Wissen die anderen Kinder Bescheid?«

»Ja«, antwortete sie. »Ich habe es ihnen schon vor Jahren erzählt. Aber es Rafael zu sagen, haben wir nie geschafft.«

Als sie sich der Karawane anschlossen hatten, klammerte Rafael sich noch an die Hand seiner Mutter. Doch im Verlauf der Tage wurde er immer rastloser und streunte in der Umgebung herum. Ich überlegte, ob er unseren Sprachunterricht vielleicht als Ausweg nutzte, seinen neuen Drang nach Unabhängigkeit auszuleben. Das Sichtfeld seiner Mutter konnte er nicht verlassen, aber er konnte sich aus ihrer Sprache stehlen.

»Tree«, sagte er.

»Tree«, wiederholte ich.

»Cow«, sagte er.

»Cow«, bestätigte ich.

Elizabeth folgte uns den ganzen Tag. Mir wurde klar, dass sie beobachtete, wie ihr Sohn in eine neue Welt vordrang, zu der sie keinen Zugang hatte. Zwar half ich bei seiner Betreuung, aber gleichzeitig nahm ich ihr einen Teil von ihm weg. Ich dachte darüber nach, was es hieß, einem Kind die ersten Worte beizubringen, es in die Welt der Sprache zu drängen. Ich überlegte, was diese Aufregung ihr wohl bedeutet hatte, als Rafael noch ein Baby war. Welche Wörter wählt eine alleinerziehende Mutter, die den Verlust ihres Mannes betrauert, um ihren Sohn darauf vorzubereiten, ohne Vater aufzuwachsen? Wie benennt man eine Leerstelle?

»Levi, cómo se llama comida?«

»Food«, sagte ich.

»Fud«, sagte er.

»Nein, das muss mehr wie *ew* klingen. *Fewd. Feeewwwd.*«

»Foooood.«

»Goood«, sagte ich.

»Good«, wiederholte er, obwohl mir klar war, dass ich ihm noch nicht erklärt hatte, was das Wort bedeutete.

Rafaels Prioritäten änderten sich in den nachfolgenden Jahren. Fließend Englisch konnte er nicht in wenigen Wochen lernen, nicht einmal in einigen Jahren. Irgendwann in der Mittelschulzeit, spätestens in der achten Klasse, fing er an zu schwänzen. Und er entdeckte die Mädchen, was nicht besonders ungewöhnlich ist. Die Art aber, in der er auf sie aufmerksam wurde, oder zumindest die Art, wie er sie mir am Telefon beschrieb, kennzeichnete eine dramatische Veränderung des zarten Kindes, das ich in der Karawane kennengelernt hatte. – »Die Mädchen in Kansas sind Schlampen, einfach alle Schlampen«, brach es aus ihm heraus und sein normalerweise stockendes Englisch verwandelte sich in etwas Hartes und Bestimmtes. »Wo hast du so reden gelernt?«, fragte ich, und das ärgerte ihn so sehr, dass er seiner Mutter das Telefon zurückgab, die Nase voll von diesem Fremden, an den er sich nur noch undeutlich erinnerte.

Einige Jahre später sah ich in den sozialen Medien, dass Rachel schwanger war. Sie brauche sich wegen des Asylantrags keine Gedanken mehr zu machen, schrieb Rafael mir in einer Nachricht, weil sie nicht mehr abgeschoben werden könne, sobald sie das Baby habe. Das stimme nicht, antwortete ich ihm, sag ihr, dass sie ihren Asylantrag aufrechterhalten solle. Rachels Kind kann nicht vor seinem achtzehnten Geburtstag einen Antrag stellen.

Rafael sagte, dass er die Nachricht übermitteln werde. Ich weiß aber nicht, ob er das je getan hat. Das Baby war ein Mädchen und der Vater bereits verschwunden. In jener Nacht fand ich keinen Schlaf und lag lange wach, dachte an die Karawane. Eines Nachmittags, erinnerte ich mich, war Rachel in der Küche eines Flüchtlingslagers irgendwo in Chiapas schwer atmend zusammengebrochen. »Sie hat Asthma«, erklärte Elizabeth und streichelte ihren Rücken. »Deswegen sind wir in der Karawane. Weil wir ihretwegen nicht allein unterwegs sein können. Sie hat immer wieder Anfälle.«

Ich fragte, ob das Mädchen deswegen in letzter Zeit bei einem Arzt gewesen sei.

»Ja«, antwortete Elizabeth. Nur hatte sie die Frage falsch verstanden. Elizabeth erzählte mir, dass sie vor der Flucht aus Guatemala wegen einer Verhütungsspritze für ihre Tochter zum Arzt gegangen sei. »Falls sie vergewaltigt werden sollte«, erklärte sie. Ich sah der Zwölfjährigen in die Augen auf der Suche nach einer Reaktion – Schock, Furcht, Beschämung –, aber sie starrte nur blicklos röchelnd in die Ferne. Elizabeth muss gespürt haben, wie überrascht ich war, denn sie setzte hinzu, fast schon abweisend, als erklärte sie einem Kind etwas ganz Einfaches: »Mach dir keine Sorgen, ich habe mich auch impfen lassen. Bevor sie sie vergewaltigen, müssen sie erst mal mich vergewaltigen.«

Diese Worte verfolgten mich. Jahrelang wälzte ich sie im Kopf herum. Wie konnte Elizabeth in Gegenwart ihrer Tochter so rundheraus von Vergewaltigung sprechen, während sie nicht in der Lage war, ihrem Sohn zu sagen, dass sein Vater ermordet worden war? Auf dem Migrantenpfad gab es viele Mysterien wie dieses. Das hatte ich bis dahin schon mitbekommen. Den Leuten fällt es nicht schwer, bestimmte Arten der Gewalt beim Namen zu nennen. Andere hingegen können kaum ausgesprochen werden. Man weiß nie genau, warum das eine zutrifft und das andere nicht.

Ungefähr zur selben Zeit fragte mich Rafael nach dem Wort für *violar*. Ich antwortete nicht sofort. Ich fragte mich, ob er unsere Unterhaltung belauscht hatte. Nach langem Schweigen beschloss ich, dass ich es nicht über mich bringen würde, ihm gegenüber das Wort »Vergewaltigung« in den Mund zu nehmen. Dieses Wort soll ihm jemand anderes beibringen, dachte ich. Ich wollte es nicht sein. Nur, wer? Seine Mutter würde es nicht sein; sie sprach kein Englisch. Wann würde er von diesem Wort Besitz ergreifen, fragte ich mich, und unter welchen Umständen?

»Warum willst du das wissen?«, fragte ich schließlich.

Er zuckte die Achseln. »Wie ist es mit *robar*?«

»Rob«, antwortete ich.

»Rob«, sang er und sprang davon. »Me rob you, me rob you.«

*

Als wir mit unserem Englischunterricht anfingen, war ich noch nicht Schriftsteller. Das war damals noch eine unbestimmte Option. Aber ich machte mir schon Notizen. Abends saß Rafael neben mir und beobachtete, wie ich Wörter auf die Seite kritzelte.

»Englisch?«, fragte er mich eines Abends und zeigte auf die Seite.

»Englisch«, sagte ich.

»Was heißt das?«

Ich übersetzte den letzten Satz ins Spanische. »In der Karawane heißt es, man marschiere gegen Obamas neue Politik der Grenzmilitarisierung.«

»Obama«, wiederholte Rafael. Er kannte den Namen aus den Chören der Karawane. »Er ist da oben der Präsident, stimmt's?«

»*Yes*.«

»Kannst du mir noch was vorlesen?«

Ich fand einen Absatz, bei dem ich sicher war, dass er ihm gefallen würde. »Heute fand Rafael etwas am Straßenrand«, las ich, »und fragte mich nach dem Wort dafür. Ich wusste es nicht. Es war nur ein Klumpen verknüllten Plastiks, etwas, das jemand wahrscheinlich während der Fahrt aus dem Fenster geworfen hatte und über das andere Autos drübergefahren waren. Das ist nur irgendwelcher Müll, sagte ich. *Trash.* Aber das gefiel ihm nicht. Jetzt ist es Müll, sagte er, aber was war es, bevor es weggeworfen wurde? Ich sagte, dass ich nicht wüsste, was es vorher war. Hier half uns das Englische nicht weiter. Diese Antwort schien ihn zu enttäuschen.«

»Du schreibst über mich?«, fragte Rafael.

»*Yes*«, antwortete ich und zeigte auf seinen Namen auf der Seite. »Siehst du?«

Rafael streckte die Hand aus und berührte seinen Namen. Dann schnappte er sich das Notizbuch und fing an zu blättern, folgte auf der Jagd nach weiteren Begegnungen mit seinem Namen all den fremden Wörtern mit seinem kleinen Finger. »Ich bin ja ganz schön oft hier«, rief er. »Sieh mal. Rafael, Rafael, Rafael, Rafael.«

An jenem Abend begannen wir, was zur allabendlichen Routine wurde. Vor dem Schlafengehen holten Rafael und ich das Notizbuch heraus und lasen eine kleine Geschichte über den »englischen Rafael«, wie wir ihn fortan nannten. Der englische Rafael machte genau dieselben Sachen wie der andere, aber er tat sie fließend in der Sprache, die sich ihm entzog. *Rafael stimmte den Chorus an. Rafael wollte nicht baden. Rafael aß eine Kaktusfrucht, die wir am Straßenrand gefunden hatten.* Ich war noch kein Schriftsteller, aber nach diesen Abenden war ich näher dran, einer zu werden.

*

Bevor Rafael in den Vereinigten Staaten zu arbeiten begann, hatte er sein Geld als Clown verdient. Ein Breakdance-Clown, sagte Elizabeth, der für ein Trinkgeld an den Ampeln von Guatemala City und in Parks auftrat oder für eine feste Gage bei Geburtstagsfeiern und Kirchenpicknicks. Sobald Mario laufen konnte, wurde er der Assistent seines Vaters. Er lernte Breakdance und mit brennenden Bällen zu jonglieren und Kindern in seinem Alter Münzen aus den Ohren zu zaubern. Nachdem ihr Vater gestorben war, brachte Mario Rafael alles bei. Die zwei Brüder gingen fast jeden Sonntag auf die Plaza Major, zogen eine Pappe aus dem Müll und tanzten für ein Trinkgeld.

Einmal versuchten es die Jungs mit dieser Strategie auch bei der Karawane auf dem Weg in die USA und tanzten für Kleingeld auf dem Marktplatz einer Kleinstadt. Elizabeth und ich standen daneben und sahen zu, wie die Jungs ihre Körper verdrehten. Ein Mann kam und legte Elizabeth die Arme um die Hüften. Er war ungewaschen, vulgär und betrunken, und außerdem war er Coyote* und verfügte von da her über eine seltsame Aura: eine Souveränität, die sich auf Gewalt gründete.

Er hatte sich der Karawane angeschlossen und suchte nach Kundschaft, schien aber das Geschäft nach einigen Tagen aufzugeben, und war nun hinter Elizabeth her. Die Tatsache ihrer Mutterschaft schien ihn nicht zu stören. Vielleicht zog sie ihn sogar an. Der Mann klebte tagsüber in aller Öffentlichkeit wie ein Kind an ihr, nachts schob er Rafael und Rachel auf eine andere Matte, um neben ihrer Mutter schlafen zu können. Ich fragte mich, ob sie Sex hatten. Er konnte nicht viel älter als

* Coyote – umgangssprachliche Bezeichnung für einen Schlepper zwischen Mexiko und den USA.

Mario sein, und doch tolerierte Elizabeth ihn auf eine Weise, die ich nicht verstand.

Mario hörte auf zu tanzen und ging auf den Mann los. »Ich hab' es dir schon mal gesagt«, schrie er, »fass meine Mutter nicht an.«

»Trau dich noch mal«, sagte der Mann, »und ich lass dich zurück. Dann gehen wir ohne dich über die Grenze.«

»Mario«, fauchte Elizabeth. »Hör auf. Es reicht. Der Tanz ist vorbei. Nimm deinen Bruder und holt euch was Süßes. Levi, kannst du auf sie aufpassen?«

Im Laden an der Ecke fragte Rafael mich nach dem englischen Wort für »breakdance«.

»Breakdance«, antwortete ich.

»Ihr verwendet auch das spanische Wort?«, wollte Rafael wissen.

»Ich glaube, das ist ein englisches Wort«, sagte ich.

»Nein, ich bin ziemlich sicher, dass es Spanisch ist«, sagte er. »Mein Vater hat Breakdance gemacht.«

»Nein, Rafael«, stöhnte Mario. »Er hat recht. Es ist Englisch. Levi, kaufst du uns was Süßes? Wir haben nichts eingenommen.«

Am folgenden Morgen teilte Mario seiner Mutter mit, dass er nicht mit ihnen über die Grenze gehen würde. Er hatte in der Karawane eine Freundin gefunden, ein Mädchen aus Honduras, und sie wollten zusammenziehen und in Mexiko ein neues Leben anfangen.

»Du bist sechzehn«, sagte seine Mutter dazu.

»Ich will nicht, dass du gehst«, sagte Rafael.

Mario erwiderte, seine Entscheidung stehe fest.

*

Bald darauf sollte sich alles ändern. Die Polizei kam und trieb die Karawane auseinander. Rafael wurde aus den

Armen seiner Mutter gerissen. Er fiel auf die Erde, und im Gedränge trampelte man auf ihm herum. Auf wundersame Weise kam er aus dem Gedränge irgendwann mit nur ein paar Kratzern raus. Doch er bat mich nie wieder um eine Englischstunde. Mario ging wie angekündigt mit seiner Freundin fort, und Rafael und Rachel blieben allein mit dem Coyoten. Sie gingen mit ihrer Mutter über die Grenze, wo der Coyote sie zurückließ und verschwand. Die Grenzpolizei fand sie, verhaftete sie und leitete die Abschiebeverfahren ein, die Jahre dauern sollten. In der Zwischenzeit brachte Elizabeth sie nach Kansas, wo sie mit dem hässlichen Mann zusammenzogen, den Rafael nie zuvor gesehen hatte, der sich aber so benahm, als wäre er schon immer sein Vater gewesen. Schließlich kam es zwischen beiden zum Streit, und Rafael schlug ihn so hart, dass er rückwärts in den Schrank taumelte. Rafael floh danach nach Kalifornien, war aber nach einigen Monaten pleite und hatte so viel Heimweh, dass er zurückkehrte. Irgendwann haute der hässliche Mann ab und Rafael machte seinen High-School-Abschluss. Alles schien ein wenig leichter zu werden. Ich habe aber nie erfahren, was aus ihren Einwanderungsverfahren wurde.

*

Bevor sich jedoch all dies zutrug, gelangten wir einmal bei Einbruch der Dunkelheit in eine Kleinstadt. Der Himmel hatte die Farbe reifer Pflaumen und die Luft war vom Sirren der Zikaden erfüllt. Damals kannte man in Mexiko die Karawanen noch nicht, geschweige denn in den Vereinigten Staaten. Deshalb wurden sie noch nicht verunglimpft. Die Einheimischen kamen aus dem Zwielicht auf uns zu und begrüßten uns. Sie hatten von Migrantenzügen gehört, sagten sie, und die Frauen hatten, in Erwartung unserer Ankunft, den ganzen Tag gekocht: ausreichend Essen für alle. Der Bürgermeister stand auf der Ladefläche eines Pick-ups und sagte, dass jeder Mann in der Stadt entweder in den Vereinigten Staaten gelebt habe oder gegenwärtig dort lebe, und dass Mexikaner und Zentralamerikaner Brüder seien.

Rafael kam zu mir und nahm meine Hand. Ich zeigte auf eine hohe Palme, die in der Nähe wuchs und sich in den dunkelnden Himmel neigte.

»Tree«, sagte ich.

»Tree«, sagte er.

In diesem Augenblick wurde mir klar, dass ich nur ein kleiner Punkt in seinem Leben sein würde, dass ich mich schon bald in eine formlose vernebelte Erinnerung verwandeln würde, die Mexiko hieß. Dennoch, so hoffte ich, würde er immer die Wörter verwenden, die ich ihm beigebracht hatte. Die Sprache bleibt dir, zumindest dann, wenn du sie anwendest, wenn du an ihr arbeitest. Und dabei arbeitet sie auch in dir. Mein Wunsch war, dass das Lernen einer anderen Sprache diesem kleinen Jungen half, seine schlimmsten Erinnerungen im Zaum zu halten und einige andere vielleicht sogar vollständig hinter sich zu lassen, mich eingeschlossen. Darin besteht die demütigende Gemeinsamkeit von Sprache und Migration: Erwarte nie, dass die Erinnerung an dich weiterlebt.

Ich zeigte auf ein Haus und sagte: »House.«

»House«, sagte Rafael.

Ich zeigte auf eine Kuh und sagte: Cow.«

»Cow«, wiederholte Rafael.

»Bird.«

»Bird.«

Zu guter Letzt tauschten wir die Rollen.

»Tree«, sagte Rafael.
»Tree«, wiederholte ich.
»Tree.«
»Tree.«
»Tree.«
»Tree.«
»Cow.«
»Cow.«
»Cow.«
»Cow.«
Und immer weitere Wörter, einige neu, andere tauchten mehrmals auf, eine Wiederholung, die zur zweiten Natur wurde, Wörter, die man verwendete und ablegte, wie man es brauchte. Mother. Brother. Sister. Friend. Dog. School. Thirsty. Water. Hungry. Food. Full. Dad. Horse. Foot. Blood. Band-aid. River. Duck. Cloud. Shadow. Good morning. Good afternoon. Good evening. Good night. White. Black. Grey. Cat. Passport. Yes. No. Maybe. Immigration. Trash. Dirt. Dirty. Bath. Shower. Rain. Thunder. Sky Mountains. Obviously. Mystery. Wind. Jungle. Desert. Dessert. Candy. Candy wrapper. Catch. Snake. Snail. Shell. Toes. Fingers. Blisters. Fist. Police. Tire. Tired. Lightning. Big. Small. Danger. Quiet. Run.
»Run«, sagte Rafael.
»Run«, gab ich zurück.

Biographien

Autor*innen

Fatimah Abdulghafur Seyyah ist eine uigurische Schriftstellerin, die in Australien lebt. Neben ihrer Promotion in Geophysik widmet sie ihr Schreiben dem Erhalt der uighurischen Kultur und der Sensibilisierung für das besetzte Land Ostturkestan. Ihre Gedichte erschienen in Magazinen, Zeitungen und Anthologien, ihre Essays wurden bislang unter anderem im *Sydney PEN Magazine* und *Refugee Transitions Magazine* veröffentlicht.

Sulaiman Addonia, britisch-eritreisch-äthiopischer Autor, lebt in Belgien. Seine Romane *The Consequences of Love* (2008) und *Silence is My Mother Tongue* (2019) wurden in zahlreiche Sprachen übersetzt und mehrfach ausgezeichnet. In Brüssel gründete er eine Akademie für kreatives Schreiben für Geflüchtete und Asylbewerber*innen sowie das Asmara-Addis-Literaturfestival (In Exile). 2021 wurde er mit Belgiens Goldenem Afro-Kunstpreis für Literatur ausgezeichnet und 2022 zum Fellow der Royal Society gewählt.

Shima Bahremand ist eine iranische Autorin, Journalistin und Literaturkritikerin. Sie hat an der Universität Teheran im Fachbereich Internationale Rechte promoviert und ist derzeit Kulturredakteurin der iranischen Zeitung *Sharq*. Sie hat etwa 500 Artikel, Essays und Rezensionen in iranischen und internationalen Zeitungen und Zeitschriften veröffentlicht. Neben ihren Forschungen zur Philosophie des internationalen Rechts und der Menschenrechte ist sie eine der Autorinnen des Buches *Criticism of Adine* (2021) und Herausgeberin des Buches *Asr-e Tariki* (*Das dunkle Zeitalter*, 2023).

Daryll Delgado ist eine philippinische Schriftstellerin. Für ihr erstes Buch, die Kurzgeschichtensammlung *After the Body Displaces Water* (2012), gewann sie den Philippines National Book Award und sie war 2013 Finalistin für den Madrigal-Gonzales First Book Award. 2019 erschien ihr erster Roman *Remains*. Darüber hinaus leitet sie Forschungsprogramme einer internationalen NGO und beschäftigt sich mit Menschenrechten, der gesellschaftlichen Verantwortung von Unternehmen und Arbeitsmigration.

Juri Durkot studierte Germanistik an den Universitäten Lemberg und Wien und lebt als Autor, Journalist und Übersetzer in Lemberg. Seit 2007 übersetzt er gemeinsam mit Sabine Stöhr das Romanwerk von Serhij Zhadan, zuletzt 2022 *Himmel über Charkiw*. 2014 erhielten sie den Brücke Berlin Literatur- und Übersetzungspreis und 2018 den Preis der Leipziger Buchmesse für ihre Übersetzung. Seit dem 24. Februar 2022 wird Juri Durkots *Kriegstagebuch* in *Die Welt* veröffentlicht.

Girma T. Fantaye ist ein äthiopischer Schriftsteller und ehemaliger Journalist. Er veröffentlichte einen Gedichtband *Yetefachewun Ketema Hasesa* (*Die Suche nach der verlorenen Stadt*, 2013) und zwei Romane auf Amharisch: *Selfmeda* (*Feld der Linie*, 2015) und *Yengat Mengedegnoch* (*Travelers of the Dawn*, 2021). Für die von Maaza Mengiste herausgegebene Anthologie *Addis Ababa Noir* schrieb er eine Kurzgeschichte. Derzeit lebt und schreibt er nach neun Jahren im Exil in seiner Heimatstadt Addis Abeba.

Omar Robert Hamiltons erster Roman, *The City Always Wins* (Stadt der Rebellion, 2017), wurde von der British Society of Authors als bestes Debüt ausgezeichnet. Zuletzt war er Mitherausgeber von *You Have Not Yet Been Defeated* (2021), einem Band mit ausgewählten Schriften des inhaftierten ägyptischen

Schriftstellers Alaa Abd el-Fattah. Er ist Direktor des Palestine Festival of Literature und lebt in London.

Nikolai Kononov wurde 1980 in Moskau geboren und studierte Journalismus und Politische Philosophie. Er lebt in Berlin, wo er als Schriftsteller und Journalist arbeitet. Er ist Autor von zwei Romanen und zwei Sachbüchern. Sein Debütroman *Der Aufstand* kam in die engere Wahl für den wichtigsten russischen Literaturpreis Nos (2021) und wurde ins Französische übersetzt. 2022 erschien Kononovs neuer Roman *Die Nacht, in der wir verschwanden.*

Goretti Kyomuhendo ist eine der bekanntesten Autor*innen Ugandas, darüber hinaus Lektorin, Verlegerin, Mentorin, Literaturaktivistin und Dozentin für kreatives Schreiben seit mehr als 30 Jahren. Neben vier Romanen hat sie mehrere Kinderbücher und Kurzgeschichten veröffentlicht. 1997 erhielt sie als erste ugandische Schriftstellerin ein Stipendium des International Writing Program an der University of Iowa und war bis 2007 die erste Direktorin der FEMRITE-Uganda Women Writers Association. 2009 gründete sie den African Writers Trust.

Marie Louise Bibish Mumbu ist eine afrofeministische Autorin und Dramatikerin, die seit 2010 in Montréal lebt. Sie hat in Kinshasa Journalismus studiert und als Korrespondentin für das Magazin *Africultures* gearbeitet. Außerdem war sie Produktionsbeauftragte für mehrere Künstler und Kompanien. Bibish begleitete den Choreografen Faustin Linyekula bei seiner Aufführung *Festival des Mensonges* auf der Bühne. Ihr Roman *Samantha à Kinshasa* von 2015 wurde von Philippe Ducros für das Theater adaptiert.

Zmicier Vishniou ist ein belarussischer Schriftsteller, Dichter und Künstler sowie Mitbegründer der literarischen Bewegung

Bum-Bam-Lit. Von 2007 bis 2022 war er Leiter des Verlags Halijafy, darüber hinaus arbeitete er für die Zeitung *Kultura* und das Magazin *Belarus* sowie im Verband belarussischer Schriftsteller. Auf Belarussisch veröffentlichte er seit 1998 neun Bücher; auf Deutsch sind bisher Gedichte in verschiedenen Anthologien, diverse Essays und sein Roman *Das Brennesselhaus* in der Übersetzung von Martin Jakobson (2014) erschienen. Seit Juli 2022 ist er Stipendiat im Writers-in-Exile-Programm des deutschen PEN.

Levi Vonk ist Schriftsteller und Guerrant-Professor für Global Health Equity an der University of Virginia, USA. Er promovierte 2023 in Medical Anthropology an der UC Berkeley San Francisco. Sein erstes Buch, *Border Hacker* (2022), war Finalist für den Chautauqua Prize und den Victor Turner Prize. Levi ist zweifacher Fulbright-Stipendiat und arbeitet seit 2015 mit mittelamerikanischen Migranten in Mexiko.

Übersetzer*innen

Thomas Brückner (Übersetzer von Daryll Delgado, Nikolai Kononov, Goretti Kyomuhendo, Sulaiman Addonia, Omar Robert Hamilton, Fatimah Abdulghafur Seyyah, Levi Vonk) lebt nach seiner Habilitation als literarischer Übersetzer von unter anderem Ngugi wa Thiong'o, Ivan Vladislavić und Kojo Laing in Leipzig. Außerdem arbeitet er als Herausgeber und Sprecher in diversen Lyrik-Jazz-Programmen.

Sarah Rauchfuß (Übersetzerin von Shima Bahremand) studierte Iranistik und Zentralasien-Studien in Berlin und Paris. Sie arbeitet als Übersetzerin aus dem Farsi und dem Dari. Mit Hussein Mohammadis *Scheherazades Erben* erschien 2022 ihre erste Romanübersetzung.

Luise Rist (Übersetzerin von Marie Louise Bibish Mumbu) ist Autorin von Theaterstücken und Jugendromanen, Dramaturgin, Regisseurin und Übersetzerin. 2023 entstand die indisch-deutsche Produktion »Avaz|Voices«, 2024 schreibt sie mit Schauspielern des Theater Djarama, Senegal, das französisch-wolofsprachige Stück *Gentu Africain*.

Gregor Runge (Übersetzer von Girma T. Fantaye) hat am Deutschen Literaturinstitut Leipzig studiert und lebt als Literaturübersetzer in Berlin. Er hat unter anderem E. M. Forster, F. Scott Fitzgerald und Christopher Isherwood übersetzt.

Nina Weller (Übersetzerin von Zmicier Vishniou) ist Slawistin und Mitarbeiterin am Leibniz-Zentrum für Literatur- und Kulturforschung (Berlin). Sie forscht zu Populärkulturen, Erinnerung und Gegenwartsliteraturen in/aus Belarus, der Ukraine und Russland und ist zudem als Übersetzerin (aus dem Belarussischen und Russischen) sowie als freie Lektorin tätig.

Herausgeber

Ulrich Schreiber, 1951 in Solingen geboren, gründete 1993 die Peter-Weiss-Stiftung für Kunst und Politik e.V. Von 2001 bis 2023 leitete er das *internationale literaturfestival berlin* sowie bis heute das *internationale literaturfestival odessa* mit Hans Ruprecht. Zudem organisiert er weltweite Lesungen und Screenings. 2009 rief er den Literaturfestivalverband »Word Alliance« ins Leben. Ulrich Schreiber wurde 2015 zum »Chevalier de l'Ordre des Arts et des Lettres« ernannt.

Lesen Sie weiter …

Refugees Worldwide Literarische Reportagen

Dieser Band versammelt Originalbeiträge von Schriftstellern aus der ganzen Welt, die als Ohren- und Augenzeugen die Erfahrungen von Flüchtlingen niederschreiben und eine einzigartige historische Situation reflektieren oder ihre eigene Fluchtgeschichte erzählen.

Herausgegeben von Ulrich Schreiber und Luisa Donnerberg
WAT 783. Broschiert. 224 Seiten

Refugees Worldwide 2 Neue Reportagen

Flucht ist ein globales Phänomen. Um Geschichten aus Ländern zu erzählen, die nicht täglich im Fokus stehen, haben bekannte Autorinnen und Autoren alle Kontinente bereist, Menschen getroffen und ihren Erzählungen zugehört.

Herausgegeben von Ulrich Schreiber und Eva Philippi
WAT 813. Broschiert. 256 Seiten

Refugees Worldwide 3 Reportagen

Wer die Nachrichten aus Kabul verfolgt und vor neuen Flüchtlingsströmen warnt, der hat kein Herz. Wer hinter den Asylanträgen nicht die Menschen mit ihren Schicksalen sieht, der sollte dringend ihre Geschichten erfahren.

Herausgegeben von Ulrich Schreiber und Charlotte Rauth
WAT 850. Broschiert. 240 Seiten

Johannes Siegmund Tausend Archen

Flucht als politische Handlung

Die Flucht ist eine politische Bewegung. Es wird Zeit, den Teufelskreis rassistischer Migrationspolitiken zu durchbrechen und stattdessen gemeinsam mit den Flüchtenden für ein sicheres und gutes Leben für alle zu kämpfen.

Klappenbroschur. 176 Seiten

Massimo Livi Bacci Kurze Geschichte der Migration

Die Geschichte Europas ist eine Jahrhunderte währende Geschichte von Migration. Wenn wir heute unser Territorium in eine nahezu uneinnehmbare Festung verwandeln, bringen wir uns um die Zukunft.

Aus dem Italienischen von Marianne Schneider
WAT 743. Broschiert. 176 Seiten

Hans-Christian Riechers Europas letzte Festungen

Reise nach Ceuta und Melilla

Dank ihrer außergewöhnlichen Lage mit strategischer Bedeutung waren Ceuta und Melilla Ausgangspunkte des neuzeitlichen Kolonialismus. Heute zeigt sich hier das europäische Grenzregime besonders aggressiv. Gleichzeitig sind sie immer auch Orte faszinierender Vielfalt geblieben.

WAT 855. Broschiert. 176 Seiten mit Abbildungen

Tobias Prüwer Welt aus Mauern Eine Kulturgeschichte

Mauern werden von Menschen errichtet, überwunden, zum Einsturz gebracht und danach umso höher gebaut. Mauern schützen, hegen ein, grenzen ab und sperren aus. Was geschieht mit den Menschen, die sie gebaut haben, und denen, die vor oder hinter einer Mauer leben?

WAT 796. Broschiert. 152 Seiten

Tyma Kraitt Sunniten gegen Schiiten

Zur Konstruktion eines Glaubenskrieges

Der Gegensatz von Sunna und Schia existiert seit Jahrhunderten. In der internationalen Berichterstattung dient er häufig als Erklärung für die Krisenhaftigkeit der sogenannten islamischen Welt. Tyma Kraitt sieht darin einen wirkmächtigen Mythos, der auf falschen Vorstellungen beruht.

WAT 846. Broschiert. 224 Seiten

Literatur bei Wagenbach

Wytske Versteeg Die goldene Stunde Roman

Dieser eindringliche und poetische Roman umkreist die Herausforderung, das Richtige zu tun, auch wenn es allen Erwartungen widerspricht. Wie viel Mut braucht man, um Mensch zu sein? Und wenn man nichts mehr tun kann – was tun?

Aus dem Niederländischen von Christiane Burkhardt
Quartbuch. Gebunden mit Schutzumschlag. 240 Seiten

Waubgeshig Rice Mond des gefärbten Laubs Roman

Ein Nummer-1-Bestseller aus Kanada: Ihr besonderer Umgang mit der Natur und dem Tod und ihre Gemeinschaft, in der alle aufeinander zählen können, hat das Überleben der Anishinaabe ermöglicht. Aber um eine Zukunft zu haben, müssen sie ihren sicheren Rückzugsort verlassen.

Aus dem kanadischen Englisch von Thomas Brückner
WAT 868. Broschiert. 304 Seiten

Ryad Assani-Razaki Iman Roman

Drei junge Menschen begegnen sich in einem namenlosen afrikanischen Land. Ineinander verklammert trotzen sie der brutalen Realität, nähren den Glauben an echte Liebe und eine Zukunft. In diesem wuchtigen, fiebrigen Buch stecken neben der Tragödie Afrikas auch seine Kraft und sein Reichtum.

Aus dem Französischen von Sonja Finck
Quartbuch. Gebunden mit Schutzumschlag. 320 Seiten

Fernanda Melchor Saison der Wirbelstürme Roman

Die Hexe ist tot, ermordet – aber hat sie's nicht genau so gewollt? Sprachgewaltig, schmutzig und mit der Sogkraft eines Wirbelsturms schreibt Fernanda Melchor, eine der wichtigsten jungen Stimmen Lateinamerikas, über die viel zu alltägliche Gewalt gegen Frauen.

Aus dem mexikanischen Spanisch von Angelica Ammar
WAT 826. Broschiert. 240 Seiten

Unsere Empfehlungen

Olivette Otele Afrikanische Europäer

Eine unerzählte Geschichte

Eine faszinierende neue Sicht auf die Geschichte Europas: Olivette Otele untersucht die lange verdrängte Rolle Schwarzer Menschen. Ein Standardwerk für ein neues kulturelles Selbstverständnis, das afrikanisch-europäisch sein wird.

Aus dem Englischen von Yasemin Dincer
Gebunden mit Schutzumschlag. 304 Seiten

Michael Axworthy Iran Weltreich des Geistes

Axworthy führt in großem Bogen und zugleich detailreich durch drei Jahrtausende iranischer Kulturgeschichte. Ein längst fälliger Einblick in eine wenig bekannte Region.

Aus dem Englischen von Gennaro Ghirardelli
Gebunden mit Schutzumschlag. 352 Seiten

Judith Rottenburg Die Kunst der Dekolonialisierung

Vom Aufbruch der afrikanischen Moderne und ihrer planetaren Vision

Die erste umfassende Untersuchung des künstlerischen Aufbruchs in Afrika nach dem Ende des Kolonialismus, die die aktuellen Debatten um kulturelle Dekolonialisierung und Restitution in neuem Licht erscheinen lässt.

Klappenbroschur. 192 Seiten mit vielen Abbildungen